杵刈湯葉　ILLUSTRATION 田中達之

FABLE

YUBA ISUKARI PRESENTS

橫濱車站導覽圖

浜

Yokohamaeki-map

■ 橫濱車站侵蝕地區

YOKOHAMA STATION FABLE　YUBA ISUKARI PRESENTS

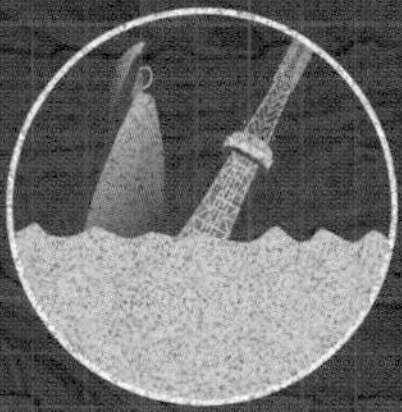

⑦ 海底名古屋都市

戰爭時沉沒，至今仍保留當時樣貌。

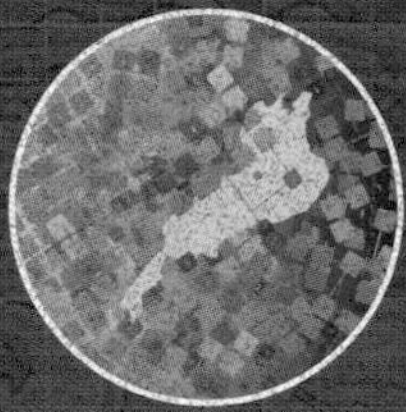

⑧ 琵琶湖

因車站擴張而逐年縮小中，想觀光請盡早。

⑨ 伊勢神宮

古代神道教聖地。每 20 年就被複製，如今已多達 64 座。

⑩ 原爆圓頂館

保留戰爭時期的傷痕。

⑪ 下關

時常受到對岸攻擊，要當心頻發的激烈搖晃。

通訊狀況

北海道或九州也使用和網際網路時代相同的「TCP/IP」通訊協定。但是因為通訊衛星和海底電纜已不存在，基本上網路只能和島內通訊。部分外島上沒有網路，所以實體貨幣ＪＲ圓依舊通行。

糧食狀況

站內糧食分為利用結構遺傳界複製的糧食生產設備（農場等）所生產的食品，以及「食品本身」的直接複製品。前者稱為自然食品，價格高昂，因此有些黑心業者會用後者冒充前者販售。因為土壤不能複製，清一色採用水耕栽培。

能源狀況

橫濱車站深層有稱為質量爐的能源設備，幾乎能無限供應電力。原本在戰爭時期由人類所開發，被結構遺傳界吞沒後受到複製。

由於原油儲藏幾乎見底，站內以外的地區只能靠水力或太陽能電池進行發電，基本上都是採用電力作為能源。製造電池的金屬礦藏也所剩不多，因此飛機或大型船舶並不存在。

ＪＲ福岡這類大型組織則是採用獨自開發的質量爐。但因為暴露在地面上，安全標準必須更嚴格，因此比站內的發電效率更差。技術部門也研究過利用電力合成燃料的技術，但效率太差，難以實用化。此外，雖然沒有公布，關門海峽防衛線使用的電力其實是透過海底電纜，由對岸的橫濱車站供應的。

① 大間崎

發生多起失蹤事件？
靈異地點。

② 巨牆

聳立於海岸邊的圍牆。
高達 100 公尺，
長度持續延長中。

④ 東京灣

被車站結構包圍的安全海域。
夏日可在此享受海水浴。

⑤ 淺間山

因火山爆發使車站結構崩塌，
進入時需小心。

⑥ 富士山

車站內最高峰。
目前標高 4050 公尺。
黑富士季節
（7月～9月）的
蔚藍穹頂十分壯麗。

③ 水戶

設有金屬裝置藝術。
逐年增長中，
原本用途不明。

橫濱車站SF
(ヨコハマエキエスエフ)
YOKOHAMA STATION

横濱車站SF

(ヨコハマエキエスエフ)

YOKOHAMA STATION
FABLE

柞刈湯葉

ILLUSTRATION
田中達之

YUBA ISUKARI PRESENTS

輕文學
Light Literature

YOKOHAMA STATION FABLE

CONTENTS

1. 發條Suika A CLOCKWORK TICKET 005
2. 站內營業里程兩萬公里 20,000 KILOMETERS IN THE YARD 033
3. 仿生人會夢見電氣化鐵路嗎？ DO ANDROIDS DREAM OF THE ELECTRIC WIRES? 075
4. 滿布車站的海洋 OR ALL THE SEAS WITH THE STATION 113
5. 增建主的規則 CODE OF THE REBUILDER 191
6. 驗票器官 TURNSTILE ORGAN 231

終章 280

後記 290

YUBA ISUKARI PRESENTS

1. 發條Suika

A CLOCKWORK TICKET

那天早上，富士山頭籠罩在一片黑色之下。

昨天仍覆蓋著水泥的白富士，一夕之間已整片染成電扶梯的黑。這是漫長梅雨季節結束，夏日即將來臨的信號。

「因為受到斜度影響。」

坐在海岸邊的教授遙望富士山說。

「結構遺傳界在有一定斜度之處便會生成電扶梯。同時，若碰上長期下雨也會生成水泥屋頂。由於山頂地帶和山腳下的天候差異，使得富士山反覆生成電扶梯層和水泥層，形成宛若派皮的多層結構。這就是白富士與黑富士的構成原理。」

「原來是這樣。」

三島尋人應和。其實教授說的事他幾乎都聽不懂，陪這名孤獨老人說話是他的工作之一。

這位被稱為「教授」、逐漸有失智傾向的老人距今約二十年前出現在九十九段下。據說當年就是年幼的尋人發現像條抹布般倒在電扶梯底下的教授，但他已不記得這件事了。

當時教授髮色烏黑，頭腦明晰，但言語幾乎不通。他似乎住在站內距離海岬相當遙遠的地區。

勉強只聽懂他似乎在站內某個叫「研究室」之處擔任「教授」。會被趕出橫濱車站，也許是因為被認定為Suika不當用戶吧。和車站會不定期排出廢棄品一樣，偶爾會有被認定為「不當用戶」的站內居民被放逐到這個海岬來。

但是，關於教授做了什麼才遭放逐則不清楚。等教授逐漸熟悉海岬語言後，卻換他的腦子不清楚了。

解說完富士山表層的橫濱車站增殖原理後，似乎想確認反應，教授轉頭瞥向一旁。這時，他似乎才發現聽他說話的人是尋人。

「你今天出發？」教授問。

「嗯，受你關照了。」

「彼此彼此。」

尋人等人生活的海岬位於橫濱車站1415號出口的漫長電扶梯（有兩道，行進方向皆向下）底下，故名「九十九段下」。實際上的梯級遠比九十九段多。逆著行進方向往上爬，若在中途停下來休息，便會立刻被帶回下方。因此對海岬的孩子來說，登上九十九段下的電扶梯乃是能「獨當一面」的證明。

登上漫長電扶梯後，會來到一個稱為「花圃」的垃圾場。從這裡再往前走，便能見到有自動驗票機阻擋的橫濱車站入口。到此為止的範圍，就是對尋人他們而言「世界」的一切。生於橫濱車站外，不具Suika帳號的他們無法進入「站內」。除了搭船到其他沿岸的聚落交易，終其一生只能待在這個海岬。

「嗨，要出發了嗎？」

登上電扶梯後，見到洋介。他是住在這個「花圃」的清潔員，負責整理從橫濱車站站內排出的廢棄物，從中挑出堪用品。橫濱車站幾乎每天都會排出過期食品、機械零件等物品，清潔員們的工作就是從中挑選出尚且堪用之物，送到電扶梯底下，並將其他垃圾拋進自動驗票機旁的垃圾輸送管中。沒人知道垃圾輸送管通到哪裡。

「今天訊號很強，附近或許有新的基地台生成。天氣也不錯。是適合旅行的日子。」

洋介邊敲著終端機的鍵盤說。橫濱車站內部網路「SuikaNET」的基地台只存在於站內，但是像「花圃」這種在出口隔壁處勉強能接收到訊號。只不過基地台的位置隨時在改變，通訊相當不穩。

「看，這是我剛在網路上撿到的照片。似乎是登山者拍的。」

洋介給尋人看的是一張看板照。照片中的車站內部設施導覽板上標示著：

橫濱車站最高處　海拔四〇一二公尺

「是富士山山頂啊。」

「嗯。聽說自然地形只到三八〇〇公尺，隨著車站不停滋長，終於突破四千公尺。」

由花圃窗戶也能眺望遠方的黑富士。聽說富士山過去是覆蓋著靄靄白雪與土壤的火山。自從橫濱車站開始增殖兩百年後，整座本州島上幾乎沒有自然地貌留下。

「結果你有幫我找到資料嗎？詳盡的內部設施圖之類。」

「抱歉，沒找到。這個系統只能撿拾SuikaNET洩漏的封包，無法存取特定資訊。唉，要是有Suika帳號就能做很多事了。」

洋介心有不甘地切換畫面，呼叫出一張地圖。

「這是我能取得的最新地圖，約二十年前的部分設施圖。由地名推測起來，應該在宮城縣的牡鹿半島附近。怎樣，有需要嗎？」

尋人默默苦笑。

「就說吧，去站內自己找比較快。提供給站內居民的資訊，絕對比我們這些站外之民所能獲得的詳細得多。」

「說得也是。」

尋人搔搔臉頰。洋介咕嚕咕嚕喝下沒氣的可樂。

「洋介，你偶爾也該回底下一趟吧，阿姨很擔心你。」

「我才不要。最近我吃飽就睡，睡飽就吃，腳力大不如前了。一旦往下走，恐怕再也回不來。」

比起去年年底碰面，洋介身體又肥了一圈。孩提時代彼此競爭誰能先登上電扶梯頂的風采早已蕩然無存。

「我才想唸你咧，你真的要就這樣把真紀拋下？為什麼不邀她一起去？」

「18車票只能提供一人份五天的使用權。若要兩人一起使用，有效期限砍半。這是東山說的。」

「喔，好吧。如果你沒回來，就由我負起責任照顧她。」

「先顧好你自己再說吧。像是擺脫成天暴飲暴食廢棄食品的壞毛病之類。」

「放心，九十九段下的生活還不都靠我們這些清潔員支撐。你們海岬居民自己也很明白吧。」

洋介咯咯笑了。

海岬有人利用僅有的土地從事農業，有人出海從事漁業或交易，也有像洋介這樣的清潔員，但整體而言勞動力多於工作。相對於在此狹小土地上生活的人口而言，橫濱車站的廢棄食品數量過於充分。尋人也沒有固定工作，大半時間都在看海或陪教授聊天。

不過，橫濱車站排出的糧食數量不甚穩定是海岬居民隱憂之一。說不定哪天車站改變心意，改個廢棄物排放路線的話，九十九段下恐怕就會面臨糧食枯竭了。聽說有些聚落就是因為這樣而毀滅。

「不仰賴車站的生活」

這就是海岬首長們的終極目標，但目前的糧食自給率恐怕只能聊備一格。不少居民自我嘲諷是「橫濱車站的家畜」。但尋人想，家畜恐怕還更有用一點呢。對這座龐然巨物的建築而言，究竟什麼才是「有意義」的，單憑尋人貧乏的想像力實在難以揣測。

告別洋介，前往車站入口。自動驗票機迅速張開雙手，阻止尋人進入。

『偵測不到您的Suika帳號，請您提供Suika帳號或其他可進車站之票券以供查驗。』

六台自動驗票機同時發出聲明。與它們冰冷的機械外型不相稱，是女性語音。

「我有這個。」

尋人從口袋掏出小型盒狀終端機，交給自動驗票機。

『已確認18車票。有效期限為即刻起五日。五日後，將強制由站內排出。若同意上述規定，請輕觸螢幕上的同意鈕。』

自動驗票機臉部面板上顯示「確認規定並同意」，尋人觸碰按鈕。

『歡迎光臨橫濱車站。』

『感謝您今日使用本站。』

自動驗票機們緩緩放下雙手，尋人穿過自動驗票機之間，進入站內，展開對他個人而言是第一次，對住在九十九段下的大半居民而言不知睽違數十年的橫濱車站站內旅行。

◆

尋人出發的一年前，有一名「菸管同盟」的男子出現在九十九段下。這名年約三十的男子被海岬的漁夫所救，來到九十九段下。他個頭矮小，膚色白皙（這是大部分站內居民的共通特徵），生得一雙丹鳳眼，令人聯想到狐狸。男子自稱東山。

海岬週邊的海岸線大多被增殖的橫濱車站盤據，但退潮時會露出勉強能行走的地帶。他被認定為Ｓｕｉｋａ不當用戶，勉強逃避自動驗票機追捕，最後還是在鎌倉附近被逮到，被拋出海岸。之後一路尋找沿岸的站外聚落，輾轉來到九十九段下。

「我算很幸運的。同盟的其他夥伴全在內陸地帶被自動驗票機逮捕，是我命大才能逃到海岸。」

「在內陸被逮捕會怎樣？」

尋人問，東山露出「怎麼連這種事也不知道？」的表情，說：「自動驗票機不會殺害不當用戶，只會用麻醉槍讓犯人昏睡，用繩索綁住，將犯人趕出距離逮捕地點最近的站外地帶。因此，如果在內陸被逮捕的話非常危險。」

即使現今本州土地幾乎全被橫濱站所覆蓋，還是有不少類似凹孔般的站外地帶在各地形成，這種地帶被稱為「站孔」。

自動驗票機們逮捕不當用戶，會機械性地將犯人放逐到最近的站孔。通常是山上寸草不生，無糧可食之處。一旦被放逐到這種地方，只能在飢寒交迫中等死。

相對地，如果被放逐到海岸，沿著海岸行走好歹有機會來到類似九十九段下這種聚落。因此那名男子想盡辦法躲避自動驗票機的監視，逃到海岸附近。

「我的罪名是反叛橫濱車站。」

東山自豪地說，彷彿想表示自己和其他小氣的不當用戶不同。

偶爾有被視為Suika不當用戶而遭放逐的人來到九十九段下。放逐原因最多是傷害或使他人致死這類「對站員或其他顧客的干擾行為」，其次則是「器物損毀」。

這類放逐者大多是站內社會底層，雖然鮮少有人像教授一樣言語不通，但即使來到海岬，也很少談論自己的事。因此，九十九段下的居民對站內情況並不熟悉。

在這當中，東山算是例外地多嘴，因此在一開始，包含尋人的海岬居民常圍繞著他聽他述說站內故事。男子宣稱自己隸屬於某個名叫「菸管同盟」的組織。

「你的同盟為了什麼目的成立？」

有人問。

「這還用問？當然是解放人類，擺脫橫濱車站的統治啊。」

雖然不明白他為何能說得如此理直氣壯，不過大概就這樣吧，尋人想。

「解放是什麼意思？和出站外有什麼不同？你們擁有Ｓｕｉｋａ帳號，明明能自由進出。」

「要你們理解恐怕有困難，但你們知道嗎？車站原本可是受人類控制的咧。我們的領袖總是說，必須終結被車站統治的日子。你們也該早點擺脫這種翻找車站廢棄物的生活才行啊。」

由於他的發言屢屢流露出藐視九十九段下居民的態度，一開始熱心聽他述說的居民逐漸失去興趣，幾個月後，只剩尋人還肯聽他說話。

又過不久，嚴寒冬季來臨，東山的健康狀態愈來愈差。來自站內的人們大多無法長期居住在站外。教授用「免疫系統」這個艱深詞彙來解釋，尋人將之理解為「因為習慣站內的舒適生活，所以身子很虛」。

「我想拜託你一件事。」

彌留之際，東山對照顧他的尋人開口。

「我想拜託你去救領袖。那個人現在也仍留在橫濱車站中，過著躲避自動驗票機的日子。同盟其他夥伴全被逮捕，只能靠你幫忙了。」

「拯救？什麼意思？」

東山拿出一個掌心大小的盒狀終端機，交給尋人。

「這叫做18車票，在站內的老舊階層找到的。有這個的話，就算體內沒有嵌入Suika晶片，也能自由在站內行動。」

尋人接過車票。體積雖小，18車票意外地重。畫面顯示「有效期限：開始使用起五日內」。

「領袖一定能想出法子的。那個人是天才，一定能從橫濱車站的統治中解放站內與這個村落。」

說完，東山靜靜斷氣了。

尋人首先向海岬的首長報告關於18車票的事。他想，既然有效期限只有一人五天，應該有其他人選比自己更適合。但首長說：

「你從小就很想見識站內世界，你就是最適合的人選。」

其他人也沒意見。即使大家都對站內有興趣，一想到自動驗票機的可怕面容，不由得打起退堂鼓。

唯一對尋人之旅表示不滿的是首長的姪女真紀。尋人在自己家裡對她提起這件事，真紀不滿地說：

「為什麼要冒這個危險？你沒有義務替那傢伙完成遺言吧？」

似乎對於尋人擅自決定啟程感到相當不高興。

「我不是基於義務，是我自己想去見識。若能幫忙他們的領袖，再順手幫忙。反正我也不知道那個人到底在哪。」

「哼，說到頭來，你就是討厭這個海岬吧。你一直在等能離開這裡的機會。」

「……我會回來的。反正這張車票的有效期限也只有五天。」

「去找個其他出口，在那裡過活吧。反正你巴不得有這個機會吧。」

真紀說完這句話，扭頭離開尋人的家，隔壁的教授正好要進門，與她擦身而過。他聽到爭吵聲，感到詫異所以來看情況。尋人告訴教授說自己得到18車票，並說想來一場站內之旅。

「喔，所以你決定要去站內旅行了嗎？」

聽完尋人的話，教授問。平時總是茫茫望著遠處的老人，這時竟兩眼圓睜一臉認真。

「是的。」

「會回來吃晚飯嗎？」

「我會的。雖然不確定是哪天的晚飯。」

「何時出發？」

「等我準備完就走。」

「要去哪裡？」

「還沒決定。有人託我找人，但我不知道那個人在哪？」

「去42號出口吧。」

「……42號？」

「那裡有一切答案。」

尋人不明白教授的內心想法。他的腦袋已不靈光，常說些支離破碎的話。但偶爾會像現在這樣帶著確信，說出彷彿預言的話語。

「42號出口在哪？」

「在橫濱車站裡。」

「到處都是橫濱車站啊。」

「是的，到處都是，那裡也是。」

說完，指著電扶梯的方向。掛著「橫濱車站１４１５號出口」的看板。

尋人開始整理行李。雖然也沒多少可整理。他試著找能當武器的物品，但怎麼想都沒東西能與自動驗票機對抗，就算帶捕魚用的魚叉入內，也只會造成站內居民警戒，毫無意義。最終還是決定只將五天份的乾糧與水，以及一些身邊物塞進愛用的肩背包裡。

◆

「想使用電梯要付５００毫圓喔。」

坐鎮電梯門前的肥胖中年婦女百無聊賴地說。這是尋人在站內首次聽到的居民聲音。

「算你便宜一點，來回票800毫圓，否則徒步到久里濱得花兩小時喔。」

沿著與九十九段下銜接的「橫濱車站5772156號通道」北上三十分鐘。尋人原本想像站內是個熱鬧場所，實際來到，卻只見四處巡邏的自動驗票機，幾乎不見人的蹤影。正當他逐漸陷入不安時，首次碰上的人類便是這位電梯管理員。

「電梯？」

尋人問。眼前有一道金屬製的門，門打開是一間附有玻璃窗，高約一公尺，寬約三公尺的棺材般小房間。門為上下開閉，寫了「限乘六名」的告示牌不知為何橫向躺著。

「這是交通工具嗎？」

「對啊。這位小哥，你第一次搭電梯嗎？搭這個到久里濱海岬只要二十分鐘喔。這台電梯生成不到十年，不太晃，很舒適的。」

尋人有聽過久里濱，那是從九十九段下搭船往東即可抵達的海岸。但由於橫濱車站幾乎佔去海岸全部面積，能使用的土地很少，沒人在此定居。除了海岬漁夫收納捕魚工具用的小屋外，頂多一到夏天，部分站內居民會來玩水而已。

「不，我不想去那裡。我想問路。請問42號出口在哪？」

「42號？沒聽過那麼早期的號碼。想問路就用那台機器查詢吧。」

中年女人指著通道深處說。該處有一台形似去掉手臂的自動驗票機的終端機。兩腳固定在牆壁上，似乎是不能移動的機型。

「另外，你去橫須賀就能碰見很多人，去那裡問看看可能有人知道。」

「橫須賀啊。有電梯通往那裡嗎？」

「沒看過呢。電梯不見得會長在人們期望的地方。況且就算長在很適合的地方，也會被大公司或黑道搶佔。」

說到這裡，中年婦女嘆氣說：「這裡是我老公先發現的，幾乎沒顧客，所以很輕鬆。雖然也賺不了錢。我老公本來是車站探險家，一心想找出埋沒在車站的寶物，假如他能把這份熱情用在工作上就好了。雖說他最後找到的值錢東西也只有這台電梯。」

中年婦女絮絮叨叨地說個不停。單獨在此看守電梯，想必很缺聊天對象。

「話說，你也別穿這種怪打扮亂逛嘛。聽說最近有北方的諜報員出沒，站員們個個都很緊張呢。」

「站員？那是什麼？」

尋人問，中年婦女一臉狐疑地反問：「你連站員都沒聽過？就是專逮壞人的人員啊。」

婦女彷彿在教小孩道理般說。

「自動驗票機嗎？」

「啊？你說啥傻話，站員怎麼可能是自動驗票機呢？」

「說得也是，我明白了。謝謝。」

尋人強行結束對話。表現得太無知恐怕會被發現自己是不具Suika帳號的站外居民而引來麻煩。或許換個打扮比較好。尋人身上穿的是用橫濱站廢衣物縫補拼湊而成的衣服，在站內居民的眼裡，肯定相當破舊吧。

設置式終端機似乎已生成很久，機體塗裝剝落，金屬部分鏽蝕明顯。尋人碰觸畫面，螢幕中以POP字型顯示「橫濱車站SuikaNET☆站內賣店終端機」標題，底下有兩個按鈕。

『登入帳號使用（需進行Suika驗證）』

『免費使用（需觀看廣告動畫）』

尋人按下「免費使用」鈕的瞬間，兩側喇叭播放出刺耳的歡快音樂。畫面顯示熟悉的黑富士影片，能清晰看見電扶梯的梯級，應該是在比九十九段下更接近處拍攝的吧。

『暑假來臨，全家一起出遊，挑戰富士登頂吧！富士山標高年年提升，現在已達四〇五〇公尺，即使已經登頂過的人也適合再度挑戰喔！全山道備有電扶梯，輕鬆愜意，老少咸宜！旅遊行程附餐飲住宿，每人只要三萬五千毫圓起。洽詢專線：SuikaN

ET帳號0120-×××-×××。』

伴隨吵鬧音樂的廣告突然結束，畫面切換。

『請輸入搜尋項目：（1）物品搜尋（2）人物搜尋（3）場所搜尋（4）工作搜尋（5）關鍵字搜尋（6）回首頁』

尋人思忖一番。他本來想用「人物搜尋」來找領袖，隨即想到既然是能逃避自動驗票機搜捕的人物，自然不可能在SuikaNET上輕易搜尋到，說不定反而會為輸入關鍵字的自己帶來危險。最後他按下「場所搜尋」，對麥克風說：

「告訴我42號出口在哪？」

『42號出口搜尋中……』

畫面中沙漏造型圖示轉了十秒後，顯示出搜尋結果。

『搜尋結果：1件』

顯示的地圖非常單純，是一張密密麻麻畫著等高線的地圖，似乎顯示著山岳地帶。在這當中，有個孤零零地寫著「42號出口」的點。週邊似乎沒有設施。

即使降低比例，將地圖的涵蓋範圍放到最大，也只會讓等高線變得更密集，無法看出所在地。這個車站內部設施導覽系統最多只能顯示一平方公里範圍。

尋人略為思考，接著問：

「怎麼去？告訴我路徑與所需時間。」

『搜尋現在地點至42號出口的路徑中……』

不到一秒，顯示出結果。

『找不到路徑。』

「什麼意思？太遠了嗎？」

終端機沒回答。按下「重新輸入」，畫面回到首頁，大音量的廣告又開始。尋人反覆數次操作，但就是無法取得前往42號出口的資訊，逐漸覺得看廣告比較有趣。最後，花了三十分鐘和終端機搏鬥的收穫如下：

・42號出口位於遠離城鎮的山中。

・除富士山外，橫濱車站主要觀光地還有岩手縣的巨型堤防、三重的伊勢神宮、古代都市名古屋遺跡等。

・橫須賀地區名產是咖哩飯，上禮拜新開一家咖哩餐廳「海自」，開店特價特大份量只要四百毫圓，不去不行。

・橫濱車站站內人氣動畫「燒賣君」劇場版《燒賣君航向宇宙》將於下週上映。

・燒賣君是從未來世界來的燒賣型機械人（foodroid），被小孩留下拋掉而變成地縛靈，只要看見挑食孩子，就會使出必殺的百萬伏特攻擊。

當中較重要的訊息是橫須賀是這附近的中心都市。頭上導覽板顯示「距離橫須賀12000m（150分鐘）」，對習慣走在崎嶇不平海岬上的尋人而言，即使是這個距離，若是站內的平坦通道便算不了什麼。

九十九段下往北的通道上，地面堆滿灰塵，導盲磚剝落，天花板電燈也閃爍不停。若沒有從窗戶射入的光線，恐怕得開手電筒吧。剛才的電梯管理員沒說錯，一路上幾乎不見行人。

「我還以為站內很乾淨。」

尋人喃喃說。他對站內的印象主要來自洋介偶爾從SuikaNET撿到的照片，大多是人來人往的大都市。都市會不斷生成新通道，成束的通道群宛如過度鍛鍊的肌肉一般肥大。

相對地，尋人住的九十九段下週邊則是站內居民幾乎不會來的地方。若要比喻，就像橫濱車站的盲腸。除了偶爾來久里濱的海水浴客外，只有舊通道迷會來。他們看著壁上生成的老舊看板與廣告，興奮地沉浸在歷史氛圍裡。

尋人想，總之先去橫須賀吧。那裡應該會有新發現。

◆

「你們兩個，能說明一下這是什麼狀況嗎？」

穿長袖制服的站員問兩名部下。時刻是下午兩點，室外氣溫已達三十度，但在橫須賀的派出所仍如地下室般涼爽。即使同樣是橫濱車站，在人潮洶湧的都市地帶會不斷生成新通道，呈現多層重疊的樣態，來自日光的熱度難以傳到下層。

「是的長官，由我來說明吧。這個男子方才在第三層餐廳街新開幕的『海自』點了咖哩飯。」

一名瘦弱站員回答，他胸口名牌標示「九等站員 佐藤」。

「嗯，然後？」

「那個咖哩飯主打重現當年剛從印度傳到橫濱車站時的風味，是『海自』的人氣菜單。」

另一個體格健壯的九等站員接著說。他的名牌顯示「志尾」。

「那種事沒必要現在講。」

「是的，抱歉。」

被束縛的尋人看著三名站員的厚重制服，心想：如果在室外穿這樣一定會中暑。房間內雖然有看似冷氣的設備，但電源線和管線都拔掉了，似乎已有很長一段時間沒運作。

「加上食品衛生稅、消費稅、站內熱引擎使用稅等，咖哩飯的價格為四百毫圓。」佐藤說。

「嗯，然後？」

「食品衛生稅是為了確保站內飲食安全，維持居民最低限的健康生活，由我們車站管理局所徵收的。」

志尾說。

「那種事沒必要現在講。」

「是的，抱歉。」

「然後，這傢伙用餐完畢後，店員向他索取四百毫圓，他卻把這種金屬徽章交給店員。」佐藤說。

「那是什麼？」

本須六等站員確認佐藤手上的徽章。那是一枚約掌心大小，上頭刻著「５００」字樣的金屬圓板。

「啊，這個我知道。這是所謂的硬幣。在Suika普及前的年代，人們用這種金屬板來交易，沒想到現在還有這種古董啊。」佐藤說。

「本須長官博學多聞，學養豐富，真令人感佩。」

尋人所坐位置透過鏡子可看見本須六等站員手上終端機的畫面，他似乎在對佐藤九等站員和志尾九等站員的發言一一打分數。剛才佐藤的發言讓他增加五分。

「換句話說，這男人是從這種貨幣和服裝仍通行的年代穿越而來，我們姑且稱他叫武士小子吧。」

「是的，長官。」兩名站員齊聲回答。

「現在應該笑才對吧？兩位。」

「哇哈哈哈。」兩名站員同時大笑。本須將兩人各扣十分。

「問題是，拿出古董交給餐飲店沒什麼不可以吧？這並不違背我們的法律，為何要找我來？」

志尾回答：

「報告長官，根據『海自』店員的證詞，這名男子遞出這枚貨幣後就直接逃之夭夭，之後被我逮住，但要用Suika支付終端機時卻產生問題，無法支付。」

「換句話說，他的餘額不足，卻想吃霸王飯。」

「這個……」

志尾似乎想反駁，佐藤打斷他的發言，說：「就是這樣，長官。」

尋人不知道實體貨幣在站內已不通行。當然，他從放逐者口中得知站內支付基本上都透過Ｓｕｉｋａ系統，但沒想到外頭通行的貨幣完全失效了。他基本上帶了五天份乾糧，但受到廣告影響，想在橫須賀吃咖哩的念頭害慘了他。

時間先回到一小時前。在咖哩店用餐完畢的尋人將硬幣交給女店員，店員露出困惑表情，說聲「謝謝光臨」後收下。接著，其他店員取出Ｓｕｉｋａ支付終端機對準尋人，要求他進行支付。但尋人認為自己已經付過帳了，擔心進行Ｓｕｉｋａ認證會暴露自己身分，便拔腿就跑。

結果，他被湊巧在附近巡邏的志尾逮到。志尾用Ｓｕｉｋａ支付終端機掃描尋人側腦，卻顯示錯誤訊息「搜尋不到Ｓｕｉｋａ特性腦波」。店員和志尾都沒看過這種錯誤訊息，便向派出所的佐藤請求支援，將尋人押回，直到現在。

「由於這個人吃霸王飯，有必要確認他的身分。」佐藤說。

「嗯，然後？」

「但是，要確認Ｓｕｉｋａ系統上的個資，必須由四等以上站員提出附印鑑的確認申請書才能進行。」佐藤說。

「嗯，然後？」

「今天是星期六，車站管理局內沒有四等以上的站員上班，無法申請。」志尾說。

「假日仍來上班的本須長官真是全體站員的楷模呢。」佐藤說。尋人想，這些站員還真能行雲流水地說出這麼多廢話呢。

「嗯，然後？」

「因此，在決定這名男子的處置前，只好先將他關進拘留所，而這個需要七等以上站員的許可才能進行，只好勞煩長官您跑這一趟。」佐藤說。

「嗯，那就這麼做吧。兩位辛苦了。」

本須說完，按下終端機上的「傳送」鈕，畫面切換，顯示出「佐藤九等站員距離升格為八等尚餘520點」「志尾九等站員距離解僱處分尚餘143點」等訊息。

「聽見了嗎？武士小子，由於你吃霸王飯，只好請你先待在拘留所了。」佐藤說完，替尋人解開手銬。手銬只有鎖的部分是金屬製，其餘皆為硬化橡膠。

「你的運氣很好。去年有站員替犯人銬上金屬手銬時害他受傷，結果被自動驗票機逮捕，之後就改成這樣了。」志尾在尋人耳旁低聲說。

尋人在兩名站員的挾持下前往拘留所。即使是兩人當中體格較好的志尾，身材也比尋人小了一號。在橫須賀繞個一圈後，尋人得到的結論是站內居民整體說來身材都很矮小。或許是因為長期在狹小室內生活，身體自然縮小了吧。

據站員所言，恐怕得在拘留所裡待個兩天才能離開。這個組織要確認Suika內個資就是如此費工夫，若被發現他根本沒有Suika的話，更不知會被關上幾天。才第一天下午，尋人就面臨站內探索之旅結束的危機。

收容尋人的「拘留所」是個只有三坪左右的房間，裡頭已有先到的客人。

「嗨，這次被送進來的是個年輕小哥嗎？你幹了什麼？」

年約五十歲前後的男子問。和其他站內居民相同，膚色白皙，只有手特別汙黑，似乎是個肉體勞動者。

「我吃霸王飯。」

尋人回答。

「原來如此。才這點小事就被送進來啊？真不幸。你是學生嗎？」

「差不多。」

尋人其實不明白「學生」是什麼，只好打馬虎眼。

志尾站員站在門外。尋人不想多嘴被猜到身分。

環顧房間內部，有四張床，一間廁所，門是普通的金屬門，上方掛著「緊急出口」的牌子，門鎖是由內側上鎖的類型，所以在外頭加上掛鎖。應該是把橫濱車站生成的房間改造作為拘留所使用吧。天花板有一盞電燈。牆壁和地板是水泥。

「幸好吃霸王飯罰則不會很重，如果找不到工作就來找我吧。」

「你做什麼工作？」

「賣菸。」

男人向尋人說明自己的工作內容。首先派挖掘者找出橫濱車站內到處生成的自動販賣機。當然，這算是車站設備，若隨意破壞，自動驗票機會立刻趕來，但用Suika支付就能合法購買。接著再以高於從自動驗票機收購的金額賣給有需要的客人，便能賺取差額。

站內基本上禁菸，違反的話會被自動驗票機逮捕，但在特定的「吸菸區」就沒問題。只不過雖然自動驗票機不禁止，站員們卻擅自訂立連「吸菸區」也禁止抽菸的規矩，若是違反會被收取罰金。

「這些傢伙訂了一堆狗屁規矩，什麼都想限制。宣稱自己是遵守橫濱車站和自動驗票機的理念，維護秩序，但實際上就算自動驗票機不禁止，他們也會擅自規定，好讓自己有工作，而且還會用各種理由收稅，真是一群壞蛋。」

尋人一面聽男人抱怨，一面在心中盤算逃脫方法。這個房間全以水泥建成，沒有窗戶。門從外側用掛鎖鎖上，不過掛鎖應該不是車站設備，就算破壞也不用擔心被自動驗票機逮捕。但問題是，該怎麼不破壞門而能破壞掛鎖？

「別看我這樣，我也是個小有名氣的香菸運販者。橫須賀一帶的販賣機大多是我指揮挖掘出來的。」

「但你被逮捕了，今後打算怎麼辦？」

「放心，像我這種有點規模的香菸運販者根本不用怕。這裡有個超級老菸槍的二等站員，我和他交情很好。只要明天我的部下帶一條香菸孝敬他，我就會被釋放了。」

尋人想，看來那就是最佳逃脫機會吧。只有一個弱小的佐藤站員的話自然沒有問題，但如果是體格較為壯碩的志尾，或者兩人同時包夾的話就麻煩了。由方才對話聽來，站員多半沒佩戴武器，但行使暴力的話會被自動驗票機趕出站外，這條規則對18車票用戶應該也適用。

不管如何，都要等到明天才有機會逃脫。因此現在還是好好休息，保存體力再說吧。尋人在心中做出決定，乖乖躺在床上，蓋上有濃濃菸臭味的棉被。

然而，機會卻比他所預想的更早來臨。

2. 站內營業里程兩萬公里 20,000 KILOMETERS IN THE YARD

在夢中，尋人憶起幼年時期。

少有變化的海岬生活中，少年時期的每段記憶都鮮明地留下。當中最有印象的是，他在八歲時完全征服九十九段下的漫長電扶梯。

面對毫不留情地持續向下的階梯，尋人覺得自己全身血液好像沸騰起來，彷彿持續跑了一個小時之久。當然，小孩的體力不可能那麼充沛，實際上頂多五分鐘或十分鐘而已吧。

見到跳上終點處銀色踏板的少年，當時的「清潔員」嚇了一跳，問尋人說：「你是三島家的孩子嗎？」接著牽著他的手，穿過垃圾山，來到與「站內」的交界地。設置在此的六台自動驗票機一見到兩人的臉，立刻發出警告：

『偵測不到Suika帳號，很抱歉，您無法入站。』

張開雙手阻擋，阻止兩人進入站內。

那是尋人第一次見到自動驗票機，只記得當時什麼感想也沒有。對尋人而言，那不過是背景的一部分。

走下電扶梯，回家向父母報告，雙親也為他高興。登上九十九段下的電扶梯對海岬孩子而言是「獨當一面」的證明。在大人們的記憶中，八歲就達成這種偉業應是村子裡的最年少紀錄。

其他孩子也無不讚嘆「尋人好厲害！」他成了村子裡的小小英雄。父母為他舉辦了一場慶祝會，住隔壁的教授也受到招待。當時的教授幾乎不懂海岬的言語，從氣氛明白是在慶祝，便用他的言語道賀。聽在少年時代的尋人耳中，那就像是能讓孩子變成大人的魔法咒語。

隨著身體茁壯，攀登電扶梯變得愈來愈簡單。十歲時，真紀成功登頂。十一歲時洋介也成功了。同年齡的孩子們開始聚集在上頭的廣場，在垃圾堆中翻找能當玩具的東西。這時，尋人已不再是海岬的英雄了。

某天，他和洋介、真紀三人在電扶梯頂上的廣場排列廢棄寶特瓶玩保齡球。但因為尋人的暴投使足球飛過頭，落在自動驗票機背後。孩子們想撿回只離幾公尺的足球，但被自動驗票機阻擋，只能放棄。

那顆足球再也沒回來。

至此，他理解了。即使登上電扶梯，獲得「獨當一面」的證明，也頂多只能讓自己的世界延伸數十公尺。

不管今後怎麼成長，他們已不再擁有任何可能性。

一聲輕微的喀噠聲喚醒尋人。睜開眼，發現眼前有一名小孩。是個穿著未曾見過的裝扮的孩子。

幼小的他視線高度大概只達尋人腰際，腰帶上掛著許多沒看過的工具。由於鑲嵌在天花板上的夜燈形成逆光，難以看清他的臉。

為什麼這麼暗？天還沒亮嗎？尋人睜大雙眼，那名菸商在小孩背後呼呼大睡。啊對，我現在人在橫濱車站裡，而且被站員逮捕，送進拘留所了。尋人想到這裡，瞬間覺得嘴中仍殘有中午吃過的咖哩味。

重新望向眼前的孩子。為什麼有小孩在這？他看起來不像那些站員的同事。

突然間，一道紅光遮蔽視野，打斷了尋人的思考，過了幾秒才發現那是拿在小孩手上的細長電子告示板。

◆抱歉吵醒你了。

電子告示板一串文字跑過。

我只是單純行經這裡，希望你別大聲嚷嚷。◆

「等等，你是誰？從哪裡進來的？」

尋人離開被窩，壓低聲音，小心不吵醒菸商地問。站著的小孩和坐在床上的尋人差不多高。

◆我只是個過路者。很抱歉把房間挖出一個洞，不過請放心，過一陣子洞口就會自動封起來了。話說，這裡似乎不像你的家？◆

他（應該是個男孩子）指著天花板，用電子告示板顯示這段文字。仔細一瞧，上頭多了一個比下水道人孔蓋更小的洞穴。大小勉強能讓一個人穿過。

「那個洞是你挖的？」

◆是的。我本來走在上頭的通道，發現是死路，迫不得已只好這麼做。

電子告示板繼續顯示。奇妙的是，他沒動手就能輸入這些文字，也沒看到類似操作面板的東西。

對了，我剛才在你睡著時自作主張地確認了你的腦波特性。你似乎沒有安裝Ｓｕｉｋａ。請問你是怎麼來的？◆

尋人略為猶豫，但考慮到這個孩子似乎擁有許多高科技物品，說謊恐怕沒有幫助，便從被窩裡的背包中取出小型盒狀終端機。

「因為我用了這個。只要有這個，就能在有效期限內自由進出站內。」

◆這是18車票耶。我聽雪繪小姐提過，第一次看到實物。◆

「是的。我只是個因緣際會下得到了這個，基於興趣進站內觀光的旅客。但因為不清楚站內習慣而被站員逮捕，如果我被關到車票使用期限結束，自動驗票機就會來把我拋出站外。」

菸商發出呻吟，翻了個身。尋人把聲音壓得更低地說：

「因此我想離開這裡，你能幫我嗎？」

少年思考後，回答：

◆好啊。但是作為交換條件，等期限結束後，這個18車票可以給我嗎？我想帶回公司研究內部構造。◆

「好，期限結束的話。」

◆交涉成立。我現在要離開這裡，能用你的棉被幫我蓋住這個嗎？對，就是這樣。好，我要開始了。◆

說完，少年從腰帶取出類似手電筒的筒狀物，對著地板按下按鈕。光芒超乎想像的亮，菸商又開始悶哼，尋人趕緊搬了隔壁空床上的棉被過來，總算蓋住強光。

連續挖了半個小時總算挖穿，兩人來到拘留所下方的通道。這裡比只有夜燈的拘留所亮了許多，但由霉味判斷，應該是不再被使用的舊通道。像橫須賀這樣的都市，橫濱車站會配合居民的通行路線生成許多通道，但新通道一直往上堆疊，愈底下的舊通道就愈沒人使用。

「幸好底下就有通道。我們先離開橫須賀吧。都市不同，站員所屬組織也不同，這樣你就不用擔心會被逮捕了。」

少年總算用自己的聲音說話。聲音中性，不像小孩也不像大人。勉強從玻璃表面骯髒的告示板中看出「往鎌倉　徒步125分鐘」等字樣，兩人朝該方向前進。

少年身高只有尋人一半。似乎比當年登上九十九段下電扶梯時的尋人更瘦小，也許只有六歲或七歲大吧。雖說站內居民大多都很矮小。

「我有很多事想問你……首先，那是什麼？那個類似手電筒的東西。」

說完，尋人指著剛才用來挖穿拘留所地板的機械。

「這是結構遺傳界消除器。敝公司開發的。」

「結構遺傳……？」

記得教授也說過這個詞，但尋人沒認真聽過，所以不是很有印象。

「簡單說，被這個照射到的部分會變成不再是橫濱車站。如此一來就能輕鬆破壞，自動驗票機也不會產生反應。」

聽在尋人耳裡，少年的說明簡直像在說「按這個鈕就能讓太陽從西邊出來」之類的天方夜譚。橫濱車站一旦生成，就再也無法被人類破壞，這是無可動搖的常識。

「雖然覺得把車站管理局建造的拘留所挖個洞不太好意思，反正過個幾天水泥就會長回來，封住洞口，所以沒關係。」

「那個車站管理局是什麼？橫濱車站有管理者嗎？我以為沒人能控制橫濱車站。」

「那只是住在這一帶的居民擅自結成的管理組織。我看過許多管理組織，地區不同名稱也不同。有些自稱警察，有些自稱站務人員，有的則叫政府，總之名稱形形色色，最多的是叫站員。雖然這些人大半都很偏執，經常妨礙我的工作。」

尋人接著打量眼前少年，思忖一番。不同地區？工作？

「……你該不會是『菸管同盟』的成員吧？」

「菸管同盟？」

「託付我18車票的人自稱是『菸管同盟』。我受託來拯救他們的『領袖』。他們宣稱要將人類從橫濱車站的統治中解放出來。」

「喔。」

少年沉默了幾秒。

「敝公司也掌握到這個組織的存在。不過，他們應該不具製作這類工具的技術力。」

尋人想，想必是吧。被自動驗票機放逐，輾轉逃到九十九段下的東山很難和眼前擁有高度技術力的少年聯想在一起。

「另外，聽說那個組織的主要活動是控制SuikaNET。透過掌握作為自動驗票機指揮系統的SuikaNET，便能將人類從橫濱車站的控制中解放出來。因此對他們而言，物理上的防衛力是不必要的。」

這種事尋人第一次聽到。那個叫東山的男子只顧著熱切述說理念，但對組織的具體活動內容卻幾乎隻字未提。

「物理上的防衛力」

尋人這時才察覺眼前少年的身分。

「原來如此，你來自本州以外的……」

「沒錯。抱歉，忘了自我介紹，我的名字是涅普夏邁，是JR北日本的派遣人員。」

◆

「我花了近一年才來到這裡。」

JR北日本的諜報員涅普夏邁說。從橫須賀沿著舊通道走了將近一小時，離鎌倉還剩一半路程。這個小小諜報員體格雖小，走路速度比尋人還快，動作卻不慌不忙，給人無一分多餘動作的印象。

「一路上遇見很多人，站內各地居民對橫濱車站的觀感不盡相同。例如岩手縣有一道著名的大堤防，車站在那裡被視為神聖並受到信仰。當地人認為橫濱車站是為了守護國土不受冬季戰爭才誕生的。」

「夏邁，雖然你自稱諜報員，但這樣毫無遮攔地把自己的身分講出來真的好嗎？」

尋人問，小小諜報員笑著回答：

「你似乎對我有所誤解，我不是橫濱車站居民的敵人。我們的目的只是阻止橫濱車站進入北海道。我負責收集一般情報，和站內居民聊天也是任務一環，畢竟到處都可能藏有實用的情報呀。」

尋人想，他說的也有道理。他對諜報員的印象來自偶爾從ＳｕｉｋａＮＥＴ流出的戰爭電影。那是在日本或美國等人類政府尚能發揮作用，人類與人類爭奪領土的時代拍攝的。

「話說，我年紀還小時聽說北海道防衛線被突破了，原來是謠言啊。」

「不，是事實。曾經被突破過一次。結構遺傳界還滲透到函館附近呢。」

涅普夏邁取出剛才將拘留所挖出洞來的筒狀物。是「結構遺傳界消除器」。

「我們靠這個好不容易將橫濱車站推回去。這是雪繪小姐研發的技術。在她就任JR北日本的技術負責人後，造就恐怕是人類史上首度成功擊退橫濱車站的紀錄。」

彷彿是自己的功勞般，涅普夏邁得意地說。

自橫濱車站開始擴張之初，人類便明白了它無法渡海。

橫濱車站最初座落在面向東京灣的位置，以幾乎等速朝北方與西方膨脹，幾年後，完全吞沒附近的機場，沿著俗稱東京灣水線的公路抵達房總半島。這時東京的物流已完全斷絕，失去首都的功能。日本政府在日益擴增的橫濱車站進逼下只能輾轉北逃，最後像在山谷河中滾動的岩石般磨耗殆盡，不為人知下消滅了。

一個世紀半後，這個不斷增殖的龐大建築抵達本州北端。若是河川寬度，只要把聯絡通道延伸出去便能輕易渡過，但在面對將近二十公里的津輕海峽時卻顯得束手無策。在青森最北端的大間崎，當地居民不知看過多少次橫濱車站朝著北海道努力伸展出聯絡通道，卻因無法承受自身重量而崩落的模樣。

對試圖阻止橫濱車站登陸的JR北日本而言，唯一的擔憂是橫濱車站會沿著青函隧道入侵。將隧道填起來也沒用，因為結構遺傳界能透過鋼筋水泥傳遞。當時的人類不具備除去已建好的海底隧道的技術。

「橫濱車站不斷進化著。更正確地說，是橫濱車站處於具有不同波形的結構遺傳界的重疊狀態，隨著一次次的防衛戰，較脆弱的成分被排除，剩餘的部分平均而言就變強了。就這樣，抵抗四十年的防線終於被突破。」

「原來如此。既然如此，擁有那種武器也無法放心吧……」

「是的。因此我們的工作就是要用比這傢伙進化更快的速度開發出新武器，或是找出它的新弱點。」

少年用腳尖踢踢地面說。

「夏邁，北海道是個怎樣的地方？」

「很寬廣喔。有著一望無垠的自然地貌，無盡延伸的地平線能看出地球本身的弧度，非常美麗。」

「聽起來真棒，真想親眼見識看看。」

尋人試著想像「地面」無盡延伸的模樣，但怎樣都無法具體在腦中描繪出來。對他而言，「地面」就是只被夾在聳立的橫濱車站和浩瀚海洋之間、帶有褐色與綠色的虛弱附著物。

「行經拘留所前，我去車站頂樓觀測地形，有看到富士山。已經染成一片黑了呢。」

尋人想，因為現在是黑富士的季節。

「北海道也有一座羊蹄山，形狀和過去的富士山相似，故有『蝦夷富士』之稱，但比現在的富士山美多了。因此，我們誓死阻止橫濱車站登陸北海道。」

涅普夏邁加強語氣說。

聽他這番話，尋人覺得有些慚愧。九十九段下海岬只是一塊走路不到一小時便能逛遍的狹小土地。靠來自橫濱車站的廢棄物資過活的他，湊巧得到18車票，基於好奇心才來這裡，不像這名北海道的諜報員擁有打從心底想保護的事物。

「夏邁，JR北日本是否擁有『菸管同盟』領袖的相關消息？找出那個人是我的目的之一。」

「『菸管同盟』當然也是我們必須接觸的目標之一，但是……」

「要找到果然還是很難吧？畢竟是能多年逃避自動驗票機追捕的人物。」

涅普夏邁走到這裡，停下腳步，陷入沉思。

「也許這件事反而能當作提示。在橫濱車站站內不可能長期躲避自動驗票機追查。唯一的可能就是躲在站外。」

「……原來如此，『站孔』嗎？」

記得被放逐到九十九段下的東山曾說過，橫濱車站到處都有因地形或其他因素，使得車站結構無法覆蓋而形成的空洞地帶。

「但站孔不是很多嗎？聽說光橫須賀附近就有好幾個。」

「尋人先生，給你18車票的人說他逃到鎌倉了對吧？這表示菸管同盟當時應該也躲在離關東不太遠的地方才對。既然如此……」

涅普夏邁從腰帶上取下一張卡片狀物體，對著牆壁按下按鈕，投影出一幅地圖。標題為「首都圈站孔地圖」。

「你竟然有這麼方便的東西。」

「不不，這是剛才從拘留所另一位先生身上的終端機借來的。果然這種事情還是得找專家才行呢。」

小小諜報員揚起一邊嘴角笑了。

「你怎麼知道他有這種地圖？」

「站孔常被當成吸菸區使用。那裡不受自動驗票機監管，愛做什麼就做什麼。」

說完，兩人一起確認地圖。

「站孔數量雖多，能讓人長期潛伏的大型站孔卻意外地少。尤其是平地，鮮少有能阻止橫濱車站擴張的地形，站孔自然也不多。因此，若是以海為目標會逃抵鎌倉的……」

他指著名為「甲府」的地點。代表站孔的紅點散布在廣大盆地週邊。

「從這邊找起吧。」

「徒步來得及嗎？18車票的有效期限只剩四天。」

由地圖看來，甲府距離這裡超過一百公里，是尋人難以想像的距離。

「要去甲府的話，我有好方法。總之先到鎌倉再說明吧。」

達成共識後，兩人加快腳步。

「等等，夏邁。」

尋人呼喚走在前頭的涅普夏邁。

「我們似乎在兜圈子。這個看板剛才看過了，那邊的磁磚與管線排列也與剛才相同。」

「不，我們確實在前進喔。我有透過SuikaNET監控我們的位置。你看。」

涅普夏邁用電子告示板顯示地圖，兩人走過的路線都被記錄下來。雖然通道蜿蜒如長蛇，整體說來還是往西前進中。

「這叫重複序列（repetitive sequence）。車站會週期性重複相同結構。初期生成的通道常見這種情況。」

尋人想，和蜈蚣的體節一樣啊。

「由於開始增殖初期的橫濱車站作為建築的基因不多，所以常重複相同結構。隨著擴張範圍變廣，結構遺傳界開始吸收各地建築的基因，愈新的生成地點複雜性就愈高。敝公司將這種現象稱為車站結構的發散過程。」

說完，少年左右觀察周遭管線。

「這裡離橫濱市很近，似乎仍保持最初期的車站結構。是很寶貴的資料來源。」

少年開心地說。

「橫濱市？那是什麼？」

「橫濱車站作為增殖起點的都市。由於是人類創造的，大部分都暴露在戶外。冬季戰爭前是人口一千萬人的繁華港灣都市。」

「以前的都市整個暴露在戶外嗎？」

「札幌現在也是喔。」

「札幌？」

「北海道的都市。也是敝公司的主要據點。」

尋人試著想像在戶外展開的都市風景，卻只能得到將九十九段下海岬放大堆滿整個視野的意象。他怎樣也無法無法想像一千萬人在「戶外」都市過活的景況。

因為聳立眼前的橫濱車站，不由分說地讓一直生活在小小海岬的他體認到，他們生活的「戶外」只是被世界隔離的孤立之地。

「對了。」

尋人邊走邊喃喃地說：

「你有聽過『42號出口』嗎？」

「42號？」

「嗯，那是我的另一個目的地。之前我用網路終端機搜尋，只查到在某座山中，無法得知確切位置。」

「這樣啊，真奇怪。二位數的出口應該在橫濱市附近吧？車站出口隨車站擴張依序生成。橫濱又是個港灣都市，附近應該沒有高山。」

「原來如此，或許是我搜尋方式錯了。」

「已生成的出口有時也會移動，叫做出口偏移現象。不過那是偶發情況，而且根據敝公司的分析，就算有偏移也不會太遠。」

繼續走了一段路程，似乎以脫離重複序列的區段，管線形狀和看板設計逐漸變得不同。遠方牆壁有道拉下一半的鐵門。

鐵門背後有一台坐著的自動驗票機。和尋人所知的自動驗票機造型略有不同，似乎長期沒有運作，金屬機身上包覆著某種黏稠液體。

房間內陰暗，只見堆著大量褐色紙箱。

「這是什麼地方？」

尋人問。

「似乎是倉庫，我們進去看看吧。」

「嗯。」

鐵門生鏽，完全拉不動。尋人壓低身體，穿過一公尺高的縫隙。個頭嬌小的涅普夏邁不受影響，直接走進房內。

裡頭有來自機械的低頻噪音嗡嗡作響，但自動驗票機沒有運作。

紙箱堆到與尋人視線等高，沒什麼灰塵，應是最近才堆放在此的。

尋人拿起最上層的紙箱，放到地上。箱子比預想更輕，沒有裝機械類物品。打開一看，裡頭裝滿襯衫。拿出幾件確認，設計與尺寸都一模一樣。

「這裡應該是衣物的流通管道吧。」

涅普夏邁說。

「這是新品嗎？」

「嗯，這些衣物的種類相同，數量又是如此多，我想錯不了。」

「這些全部都是嗎？」

尋人用手指著倉庫全體問。

「照理說來，應該沒錯。」

涅普夏邁說，接著按下電子告示板的按鈕，四處確認倉庫內的牆壁。

「那裡有輸送帶，似乎通往衣服生產工廠。」

黑色輸送帶上載著許多紙箱，運送到倉庫這邊。尋人看了一眼，從紙箱堆中拿了好幾箱放到地上。

「我的故鄉只能撿到廢棄品，像是有破洞的舊衣或超過保存期限的食品。」

尋人想拿一箱帶回九十九段下。尺寸太小他穿不下，但其他居民一定很開心吧。雖然沒有Ｓｕｉｋａ就無法購物令他喪氣，他想，既然有這麼多衣服，帶走一箱應該沒問題吧。就在這時——

「喂，誰在那裡？」

倉庫深處響起粗野嗓音，一陣腳步聲大步朝這裡走來。涅普夏邁俐落地朝前走去。

「你們這兩個傢伙居然在這裡摸魚？還不快把貨品堆好。」

一道男聲怒聲斥責。尋人急著想把紙箱堆回原位，反而不小心弄倒一堆紙箱，砰隆，倉庫內一聲巨響。

鐵門後有燈光亮起。是自動驗票機的螢幕，似乎正在看著他們，但沒行動。也許動力部分故障了。

「抱歉，我不是這裡的員工。你認錯人了。」

涅普夏邁說。

「嗯？的確，我不可能僱用像你這種小不點，所以你們是小偷吧？喂，那邊的大個兒，你是小偷頭子嗎？」

男聲說道。一張年約三十的男人臉從崩落的紙箱縫隙中探出，眼神銳利地瞪著兩人。視線高度比尋人矮了一個頭半，但不是因為身高差距，而是因為男人駝背嚴重。

「等等，這是誤會。我們不是小偷，只是路過的旅客……」

尋人忙著辯解，然而地上到處是拆開的紙箱，他剛才也的確打算帶一箱衣服回去。

「這裡是你的倉庫嗎？」

涅普夏邁似乎不怎麼擔心。

「嗯，是我發現的。在這上方有個地方總是有衣服會排出，於是我循線尋找，就找到了這裡。」

說完，駝背男從懷中取出小型終端機給尋人看。

「喏，這是證明書。」

畫面顯示「車站設備挖掘證明」，記載倉庫位置座標、發現人姓名與SuikaID，並註明發現人擁有二十年的獨占權，底下蓋著「橫須賀車站管理局」之印。

駝背男看到紙箱被打開，不禁破口大罵：「喂，你弄髒了我的商品，賠我！」

尋人無法理解為何打開箱子就說弄髒了。被碰過就不算新品嗎？

「我沒錢。」

尋人回答。男人打量尋人的衣服，全然地接受了他沒錢的主張。

「好吧，不然幹活來彌補我，這樣就原諒你。」

「幹活？」

「對。把這邊的商品搬到上頭的商店。看，那邊有樓梯對吧？」

說完，男子指著倉庫另一頭。該處有電燈，十分明亮。樓梯中間有金屬扶手，左側寫著「上樓」，右側寫著「下樓」，並有指示箭頭。不是電扶梯，必須自己走上去。

「把這邊的商品搬去那裡就好？」

「要搬上樓，沿著樓上走廊直走會見到一台老舊電梯，把商品搬到那裡放著。幫忙搬三十箱我就原諒你。三小時以內完成。」

「好吧。」

尋人走到紙箱前蹲下，說：「夏邁，幫我拿行李。」

將自己的背包交給涅普夏邁。涅普夏邁雙手接下，因為太重，他向後踉蹌了兩步。

他唯獨先取出了18車票，收進褲子口袋裡。只要有這個，不管何時碰上自動驗票機都沒問題。

雙手環抱兩列積了五層的紙箱，一口氣舉起，朝樓梯走出。

「唔，比想像的還重啊。」

尋人低聲說。左右列重量不同，堆起的箱子超過尋人頭頂，完全看不到前方。

「就是那個方向，直線前進就好，導盲磚後面就是樓梯。」

涅普夏邁說。尋人拖著沉重腳步往前直走，不久感覺踩到地面的凹凸。

金屬扶手左側是「上樓」，但那邊寬度較窄，無法同時抱著兩列紙箱走。尋人原地停了下來。

『沒事吧？』

涅普夏邁的聲音傳來。

「走『下樓』那邊也可以嗎？」

『可以啊，兩邊都能通往樓上。』

既然如此，又何必分呢？尋人邊想邊踏上樓梯。樓梯出乎意料地長，中途有好幾處平台，每次都讓尋人放下箱子，確認是否已經踏到走廊。

好不容易把箱子放到走廊上，回到倉庫，男人驚訝地望著尋人。對較文弱的站內居民而言，能同時抬起十箱的尋人臂力宛如超人。

「還有二十箱。」

尋人甩動手臂，再度抱起十箱紙箱，說：「看不到前面很難走啊。夏邁，跟我來吧。」

「好啊。」

涅普夏邁跟在尋人身旁，正確地引導他前進。「前面有一塊樓梯平台。」「往左轉。」多虧他的指示，第二趟輕鬆許多。

「高低差約十四公尺，差不多有五樓高吧。」

尋人把紙箱放好時，涅普夏邁說。

「正常而言，這種地形會生成電梯或電扶梯，但因為底下是無人使用的舊通道，所以只有樓梯。假如那個男人沒找到這裡，也許永遠不會有人發現。」

「可是這段路挺好走的吧？」

「對站內居民而言，不知通往哪裡的漫長樓梯很恐怖啊。」

尋人完全無法理解那種感覺。不知走過多少次九十九段下只有下行的電扶梯的他，實在不懂這種不會動的樓梯究竟有啥好怕的。

結束第二趟回倉庫時，駝背男對尋人說：

「小哥，你真不賴啊。要不要來我這邊上班？我付月薪給你。」

「抱歉，我只是個旅客，沒空長期逗留。」

一方面是能留在站內的時間只剩四天，另一方面，就算男人肯付月薪，他也沒Suika帳號。

尋人再度一口氣抱起十箱紙箱登上樓梯。或許是想確認他是否有好好工作，第三趟駝背男也跟著走。雖然剛才說限三小時內，尋人只花不到十五分鐘就搬完了。

「這樣就完成了吧？那麼，我們要走了。」

將電梯前的三十箱衣物排整齊後，尋人說。

「嗯，辛苦了。」

這時，走廊上的舊電梯門打開，從中走出三個孩子。兩個男孩，一個女孩，大約十二歲左右，體格比涅普夏邁大了一號。

「啊，你們今天沒工作了。今天的份全部搬完了。」

男人打發他們。

「咦~已經搬完了嗎？」

小孩們望向尋人。涅普夏邁問孩子們：

「你們幾位是這間倉庫的員工嗎？」

外表年幼，語氣卻很成熟的涅普夏邁讓孩子們感到困惑，他們開口說：

「這樣我們沒辦法還錢啊。」

「你們向那男人借錢？」

「嗯。還欠三十八萬毫圓。」

「我欠四十一萬。」

「我是三十六萬。」

孩子們一一回答。想起自己因四百毫圓就入獄，尋人立刻明白孩子們欠下的款項是何等天文數字。

「你們當搬運工還錢嗎？」

「嗯。一天一百毫圓。」

「從三年前就開始工作。」

「但今天沒得工作了。」

說完，孩子們面帶怨恨地看了尋人一眼。

「那個倉庫是小九先發現的，卻被那個傢伙搶走了。」

「小九？」

尋人問。

「小九已經不在了。」

「他六歲時被自動驗票機帶走了。」

孩子們淡然地說。彷彿對於發生的事不知該露出何種表情，只好如此淡定。

不久，電梯門又打開，孩子們默默踏進電梯，回到上頭。

四周變得一片寂靜。尋人和涅普夏邁繼續朝寫著「往鎌倉」的方向前進。

「夏邁，站內物資這豐富，為什麼還要搶奪所有權？」

尋人說：

「我的故鄉只能撿到廢棄品，但靠那些就夠生活了。我們共享廢棄品，不會讓孩子做苦工。」

「那些孩子或許因為某種理由失去父母，於是剛才那個男人替他們支付安裝Suika的費用，以此為條件換取勞動力。」

涅普夏邁邊走邊說。他仍替尋人拿著背包。

他們現在並非走在倉庫所在的舊通道，而是居民也會使用的一般道路。但畢竟現在是深夜時刻，路上幾乎不見行人。

牆上看板顯示這條舊通道即將與通往鎌倉的新通道交會。這時，尋人突然發現肚子咕嚕咕嚕叫。自昨天中午的咖哩到現在還沒進食，加上剛才又勞動，現在覺得渾身無力。

背包裡有從九十九段下帶來的乾糧，但難得有到都市參觀的機會，很想吃點好吃的。雖然沒Ｓｕｉｋａ就無法購物，或許少年有法子解決吧。這時，尋人注意到一件事。

「對了，夏邁，你是怎麼取得Ｓｕｉｋａ帳號的？」

突然間，一聲彷彿巨大氣球被打破的轟然巨響，在空蕩蕩的通道內多重迴盪。

涅普夏邁應聲倒地。隨即再響起砰砰聲，倒在地上的身體又彈跳了兩次，地上火花閃爍，一縷細長的白煙冒起。

涅普夏邁表情木然，雙手默默蠕動地摸向脖子，不久，再也不動了。

◆

「慢著，別攻擊高個子。」

低沉嗓音在通道中響起。通往鎌倉的新通道門扉沉重地打開，明亮的光線射入昏暗的舊通道裡。尋人不禁伸手遮眼。

「他是人類，攻擊他會引來自動驗票機。」

尋人緩緩睜眼，門上方掛著標示「緊急出口　Emergency Exit」的綠看板，底下有兩名穿制服的站員，一個是蓄鬍的男人，另一個是手持長槍的女人。

「喂，你。」

鬍鬚男接近他，他胸口的名牌寫著「二等站員　片久里」。

「你帶北方的諜報員來這裡想幹什麼？你是北方的職員嗎？」

「慢著，不是的，我……我只是個旅客。」

尋人說。男人踢了倒地的涅普夏邁身體一腳。陣陣冒出的大量蒸氣中，可見到他的身體被打穿三個拳頭大小的破洞，從中冒出斷裂的電線或管線。

「他不是你的朋友？」

「我和他在路上偶遇，所以一起行動。」

「你們互不認識嗎？」

「我不知道他是諜報員。」

尋人撒了個謊。

「……也不知道他不是人類。」

這是事實，雖然不是沒有懷疑過。他想不通ＪＲ北日本為何要用這麼小的孩子當諜報員，也不明白這樣一個孩子為何如此博學。剛才搬紙箱時見到那幾個小孩，這種疑惑更強了。

「嗯，這不怪你，他是JR北日本最新型的仿生人，型號為Corpocker-3型。上一代的2型還與自動驗票機相同，充滿機械感，這一代整個變得人模人樣起來。他來站內似乎是來刺探消息。因為不是人類，沒有Suika也能自由進出，在SuikaNET上也無法監控位置，是很棘手的傢伙。」

「長官，我從這個高個子身上也偵測不到Suika特性腦波。他應該也是個危險人物。」

男人背後握著長槍的女人用瞄準鏡對準尋人說。鬍鬚站員露出狐疑表情，打量尋人全身。

「沒有Suika？原來如此，你是那個吧，那個叫什麼來著……對了，站孔棄兒。」

「棄兒？」

「年紀還小時被父母拋到站外的小孩。虧你能長得這麼大。」

「不對，我是土生土長的橫濱站外居民。」

「什麼，你不知道嗎？看來繁衍好幾代了。」

男人一臉煩躁地用右手搔頭。

「我就明白解釋給你聽吧。在橫濱車站出生者，六歲以下的幼童就算沒有Suika也沒關係，一旦到了六歲，就必須安裝Suika，同時要支付五十萬毫圓給SuikaNET當保證金。對貧窮的勞動者來說這是一筆難以負擔的鉅款。因此，倘若生下孩子，卻在六年內無法準備保證金的話……」

男人邊說邊走到尋人背後，變得動也不動的涅普夏邁就躺在那裡。

「那些小鬼會被自動驗票機逮捕，拋到站外。通常會丟到最近的站孔。在站孔那種地方大多難以獨力生存，被放逐的孩子基本上活不久。但是，假如被放逐到夠寬廣、有充足的水和食物之處，這些被拋棄的小孩們團結起來的話，便能成長茁壯，繁殖下去，甚至能形成小有規模的村落。」

「……？」

「而你，就是這種棄兒的子孫。你是怎麼進站內的？」

尋人悶不吭聲，拚命忍耐動手揍對方的衝動。鬍鬚男看尋人面帶怒氣，立刻用雙手搭著他的肩，一把推到牆上。

「冷靜。看在你可憐的份上，教你這裡的規矩吧。橫濱車站內絕不容許暴力行為。你如果發飆揍人，自動驗票機會立刻趕來，把你踢出去。對你來講或許都一樣，但對我們這些站內居民很傷腦筋。」

近距離說著話的男人身上有濃烈的菸臭味。尋人想起昨天在拘留所裡聽菸商說過的老菸槍站員。

「那麼，假如站內有個很討厭的傢伙該怎麼辦？最簡單的方法就是一群人將他團團包圍，用不會受傷的方式把他關進上鎖的房間，什麼也不給地關上一個禮拜即可。事實上，當初橫濱車站在開始擴張時，會做出這種行為的傢伙到處橫行。因此這類密室現在統統由我們這些站員進行管理。我們就是輔助自動驗票機漏洞的組織。」

「長官，回收小組來了。」

手持長槍的女人說。

「嗯，抱歉，讓他們進來作業吧。」

鬍鬚男說完，立刻有三名站員進入。一個打開黑色袋子，一個抱起涅普夏邁的身體，粗暴地拋進袋子，剩下的一個則是撿拾散落四周的涅普夏邁的裝備。

「這個背包是你的？」

「對。」

說完，鬍鬚男默默地把背包拋回給尋人。

「總之就是這樣，這些北方諜報員專門破壞車站建築，綁架已安裝Ｓｕｉｋａ的孩子去北海道。大家都拿這群惡作劇狐狸沒辦法。他們不是人類，靠自動驗票機沒用，只好由我們這些站員來守護秩序。」

說完，髫鬚男放開尋人。

「你看起來跟JR北日本沒有關聯，就放你一馬吧，記得遵守站內規矩啊。」

說完，他和揹塑膠袋的其他站員一起離開舊通道。門扉發出沉重聲音閉起後，舊通道再次恢復寂靜。尋人一時之間愣在原地。

站孔棄兒。髫鬚男的話在他腦中不停迴響。

付不起Suika保證金，被拋到站外的孩子們的子孫。

尋人從未深入思考過，為何他們這些九十九段下的居民無法像站內居民一般擁有Suika帳號，只能在九十九段下的狹小海岬生活。

「不，不對。」

尋人自言自語。那個男性站員不可能對站外狀況瞭若指掌。事實上北海道、四國或九州的人民就從未是橫濱車站居民。本州也到處都有這種小規模的化外之地，因此尋人的故鄉九十九段下也充分具有這個可能性。

『對了，夏邁，你是怎麼取得Suika帳號的？』

想起剛才自己的發言，烙印在眼底的影像再次甦醒。走在前頭的少年被呼喚，回頭看尋人的瞬間被女站員擊殺了……假如尋人沒在那個瞬間呼喚少年，也許他就能靠某種方法或技術避開危機了。

繼續煩惱也沒有意義，總之先離開這裡吧。只是，尋人的肚子實在餓扁了。自昨天中午後他尚未進食。為了取出乾糧，他把手伸入背包裡，這時突然摸到某種堅硬觸感。

取出一看，是在拘留所遇見涅普夏邁時，他用來對話的細長電子告示板。長度大約和尋人的肩膀等寬，重量意外地輕。

突然間，電子告示板整體震動了一下。尋人手拿的地方似乎是電源鈕。顯示「ＪＲ北日本」的標誌後，冒出白色文字。

正在由超低電力狀態中恢復。由於上一次不正確地與本體切斷連結，正在進行偵錯程序。剩餘時間2分鐘……

剩餘時間1分鐘……

剩餘時間15秒……

過了約三分鐘的時間。

偵錯程序完成。

又過了一會。

◆嗨，抱歉驚動你了。◆

文字切換成紅色。是最初在拘留所相遇時使用的文字。

「……夏邁？」

◆是的，我是涅普夏邁。ＪＲ北日本的派遣人員。◆

「你還活著。」

◆要說是否活著，應該算還活著吧。我的身體似乎被破壞了，真嚇了我一跳。聽說關東地區的站員充滿敵意，沒想到居然持有對人使用的武器。那是冬季戰爭時期的電動泵浦槍。只要是金屬，全都能當成子彈，是戰爭末期的主力武器。橫濱車站不會製造武器，想必是四國或九州生產的吧。◆

文字顯示速度比剛才快了一倍，尋人勉強才能用眼睛追上。被站員射穿後一直不能說話，或許憋很久了。

「這個電子告示板才是你的本體？」

◆並非如此。只是身體的電池和主記憶體突然被切離，所以把主記憶轉移到能當預備電源的這個電子告示板上。我有應付這種緊急狀況的自動程式。只是，由於輔助記憶體在身體上，所以，很不好意思……

字幕一瞬停止。

◆請問你是誰？是我的熟人嗎？◆

不知為何，電子告示板的文字顯得似乎真的很抱歉。

◆

『這道牆最薄，由這裡挖開吧。』

變成電子告示板的ＪＲ北日本諜報員涅普夏邁，用幾乎等同全身的螢幕說。尋人從背包中取出結構遺傳界消除器。這名諜報員在身體被破壞前，偷偷將電子告示板和這把武器藏進尋人的背包裡。

實際拿在手裡，發現結構遺傳界消除器的造型極度單純。手電筒般的筒狀外觀配上調整輸出功率的開關和顯示電池殘量的小型液晶。底部印有ＪＲ北日本的狐狸標誌。很難相信這麼單純的器具竟然是能對抗人類數百年來一籌莫展的橫濱車站的祕密武器。

「只要按這個按鈕就好？」

『是的。照射到人體也不會帶來傷害，敬請放心。為了不浪費能量，請調整輸出功率。』

尋人用這根手電筒般的消除器對牆壁照射，牆壁立刻像是用加熱過的湯匙接觸冰淇淋一般融化了。

『一般水泥鋼筋被結構遺傳界滲透後，就成了橫濱車站的一部分，變得非常強韌。只要用這個消除結構遺傳界，結晶結構崩壞，就能簡單使之瓦解。類似用冷水潑在加熱汽油桶上會變脆弱的原理。』

牆壁很快就被挖穿，牆後的空間顯露出來。裡頭是一片黑暗，沒有燈光，一陣冰涼空氣流出，和清晨走過的充滿霉臭味的舊通道不同，幾乎沒有氣味。

「這個洞穴通往甲府？」

『是的。對了，尋人先生，你為何想去甲府？』

「我想去找菸管同盟的領袖。既然能長期躲避自動驗票機追捕，有可能躲在SuikaNET無法收到訊號的地方。換句話說，是站孔集中的甲府。」

『原來如此，真是個有趣的點子。』

「……這是你想出來的。」

失去軀體後，涅普夏邁的短期記憶力顯著低落。由於負責將將所見所聞全部歸檔的輔助記憶裝置搭載在軀體上，現在他的頭腦只存在於電子告示板背面的小小主記憶體上。因此，和尋人碰面後經歷的事情，不管說多少次也記不得。

『這是雪繪小姐設計的，技術上的細節我也不清楚。』

以此作為前提，涅普夏邁在小小電子告示板上顯示出密密麻麻的文字進行說明。

『現在搭載於電子告示板上的主記憶體，結構與人腦十分類似。以無數奈米單元連結成網絡，接著輸入資料，網絡結構就會一點一滴地變化。平常我會花時間把輔助記憶體中的資料篩選復習，讓重要的內容進入主記憶體。』

「但碰見我之後的經歷沒辦法記得，是因為沒時間復習？」

『是的，我一天通常必須花三小時切斷外部資訊，集中在復習程序上。和你們所謂的睡眠很相似。』

看來這個北海道出身的類人型機械人不只外型像，許多部分也和人類很相似，與能二十四小時運作的自動驗票機大為不同。

挖掘工作進行了三十分鐘，總算在牆上挖出能讓人通過的洞穴，結構遺傳界消除器的電池殘量顯示剩「82％」。

『我的軀體具有充電功能，但現在只能靠電子告示板上的內藏電池。這種事態敝公司似乎也沒考慮過。真討厭，為什麼只有軀體被破壞了？又不是四國，橫濱車站怎麼會暗藏這種危險啊。』

尋人沒回應他的牢騷，直接進入洞穴裡。

「這裡是什麼地方？」

由回音的感覺可知這裡是隧道狀的空間。唯一的光源是涅普夏邁的電子告示板。隨著他的發言，周遭彷彿呼吸般地閃爍著。

『這裡是鐵路遺址。』

「鐵路？那是什麼？」

『一種交通系統。連結車站和車站的交通系統。』

「車站和車站？等等，我不懂你的意思。以前有好幾座橫濱車站嗎？靠這種隧道連結？」

『完全不對，但也大致正確。』

「所以說，這也是電梯的一種嗎？」

尋人想起進站內後不久遇到的那位電梯管理員的中年婦女。明明是昨天的事，卻恍若隔世。

『電梯是縱向移動的。』

「我昨天看到的電梯是橫向移動的。」

『偶爾會長成那樣。大多發生在半島尖端。橫濱車站在半島上細長擴展，使得結構遺傳界產生突變，造成向光性或向地性發生錯誤，從而生長出橫向的電梯或只向下的電扶梯。』

「原來如此，所以這個就是和橫向電梯相似嗎？」

『「這個」是指什麼呢？』

「我們不是在討論鐵路嗎？」

『是的。鐵路的話確實有點像，但比電梯快得多了。過去仍有營運時，聽說從東京到大阪只需四十分鐘車程。』

尋人不清楚大阪在哪，但從氣氛上能明白應該真的很快速。

「原來橫濱站內有這種交通工具。從ＳｕｉｋａＮＥＴ流出的資訊中從來沒看過。」

『這不是橫濱車站的一部分，這是人類製造的事物。』

「人類？怎麼可能。人類無法挖出規模如此巨大的隧道吧？」

尋人疑惑了，他所能想像的人類建築只有用海岬附近陸地生長的樹木或橫濱車站的廢棄材料建造的九十九段下的住宅。連最大的海岬中央集會所也僅邊長四十公尺左右。這種以公里為單位的建築竟是由人類親手建造，著實難以相信。

「可是人類建造物怎麼還能殘留在橫濱車站裡？」

『因為這是磁浮鐵路。橫濱車站的結構遺傳界具有排斥超導體的性質，無法侵蝕鐵路週邊的空間，只能用水泥將之包覆起來。』

兩人在黑暗中朝著甲府方向行走，眼睛逐漸習慣，微光中依稀能見四周的模樣。

「這條隧道真的有數百公里長？」

『記得磁浮鐵路全長約七百公里。若連一般新幹線或電車也算進來，現在橫濱車站佔地範圍內存在著兩萬公里的鐵路。』

尋人無法想像兩萬公里是多長遠的距離。九十九段下海岬大約只有五公里，一個小時就能繞上二圈。

『看到了，是車輛。』

涅普夏邁說。尋人腳下有一塊約一張榻榻米面積的金屬板。上方是平坦的平台，四個角落有用來固定東西的鉤子，就這麼多。

『這是小型貨運車輛，用來運載貨櫃。如果有載客用的更好，但這個一樣能用。請坐上去吧。』

尋人依照指示坐在金屬板上，板子略下沉幾公釐。板子本身似乎浮在地上。

「……等等，要搭這個去？」

『敬請放心，我會用不會對人體產生影響的速度前進。請先打開前方的蓋子，把端子取出。對，就是那個。很好，是ＡＡＴ（※）規格，這樣我就能控制了。我的背部有連接線，跟那個端子連接起來。』

尋人按照電子告示板的指示進行作業。將線路接好後，涅普夏邁不再顯示文字。電子告示板的文字是唯一的光源，一旦消失，整個空間被真正的黑暗侵蝕，只聽見告示板兩端的散熱風扇的轟然運轉，可以想像內部正在做某種激烈的運算。

『侵入成功。』

一分鐘後，文字顯示又恢復了。

『準備出發。由此地可前往東京或甲府，請問要到哪裡？』

「甲府。」

『我明白了。那麼我們要出發囉，請抓緊了。』

說是這麼說，但板子上什麼也沒得抓，尋人只好趴著，雙手緊握板子前端。板子靜靜浮起一公分，接著無聲無息地往前方加速。

『話說，這似乎有點超出我的估計，剩餘電力比預想的更少。』

電子告示板用低光量的文字顯示。

「沒辦法抵達甲府嗎？」

『不，鐵路本身應該與橫濱車站的電力系統連接，所以不必擔心這邊。』

「不然是哪裡有問題？」

『有問題的是我。沒有軀體還是挺麻……』

顯示到這裡，電子告示板的畫面突然消失。失去唯一光源，視野又陷入完全黑暗之中。

金屬板持續加速。風壓直接襲擊尋人的臉，耳朵只聽到咻咻呼嘯。尋人雙手死命地抓住金屬板，莫名冷靜地想，夏邁該不會忘了要用「不會對人體產生影響的速度」來行駛吧？

※AAT：Almost all terminal／全通用端子

3. 仿生人會夢見電氣化鐵路嗎？

DO ANDROIDS DREAM OF THE ELECTRIC WIRES?

甲府是橫濱車站中屈指可數的巨大都市。由於橫濱車站在地圖上呈倒三角形的廣闊甲府盆地中不斷增殖的結果，彷彿朝臉盆裡注水般，站體結構逐漸厚實起來，形成足以容納本州十分之一人口的超大型層狀都市。

橫濱車站開始擴張後，大規模海上運輸式微，比起東京這種臨海都市，作為交通樞紐的內陸都市更易於發展。另一方面，站內都市的規模無法隨著人類的需求擴張，相較於關東平原地帶，能立體發展的盆地更易發展為具有高度收容力的大都市。

像這種層狀都市，人口通常集中在容易往外側發展的上層，地價也較貴。一旦人潮集中，又會促進上層生長。這也是站內盆地都市容易巨大化的主因。

相反地，都市下層則成了無人光顧之處。特別是最下層附近，早已沒人記得這裡有磁浮鐵路遺跡。

在人跡罕至的最下層廣場，有六台自動驗票機包圍空無一物的空間。它們伸出機械臂，試圖抓住位於圓陣中心的某種不存在的事物。

『您已被認定為Suika不當用戶。即將開始強制驅逐。』『若有疑問，請向附近站員洽詢。』

『您已被認定為Suika不當用戶。即將開始強制驅逐。』『若有疑問，請向附近站員洽詢。』

『您已被認定為Suika不當用戶。即將開始強制驅逐。』『若有疑問，請向附近站員洽詢。』

這時，廣場角落的水泥牆突然嘩啦崩落，尋人從牆中走出。六台自動驗票機互相以眼神示意，當中的兩台走向他。

『歡迎光臨橫濱車站。偵測不到您的Suika帳號。很抱歉，請提供Suika帳號或其他可進車站之票券以供查驗。』

尋人從背包裡取出盒狀終端機，交給自動驗票機確認。這時他想到自己曾承諾這個車票到期後要送給涅普夏邁。現在變成這樣，不知該怎麼處理。

『已確認18車票。有效期限尚餘三日及十六小時。感謝您今日使用本站。』

兩台自動驗票機恭敬鞠躬後，又回到剛才空無一物的空間，揮舞雙手，發出訊息：

『您已被認定為Suika不當用戶。即將開始強制驅逐。』

尋人心想，也許感測器失常了吧，從它們身邊走過。廣場另一側角落，有好幾尊手持指揮團扇的巨大武士雕像。每一尊造型都相同。

搭乘雕像後方的的電扶梯，往上層前進。

到處人山人海，商品琳瑯滿目。

在尋人的感覺裡，橫須賀和鎌倉已算是大都會，但甲府更是不在同一個層次。主通道兩側店家鱗次櫛比，服飾店、咖啡廳、生鮮食品店、眼鏡店、餐廳、書店，各式商店應有盡有。尋人小心別撞到其他行人肩膀，尋找街上的電器行。

「中山活體電器行」

「在孩子六歲前導入Ｓｕｉｋａ!全甲府最便宜的安裝代辦費。買貴包退喔。」

尋人來到寫著上述宣傳文的看板前，看似老闆的中年男子向他打招呼：

「歡迎光臨，要找什麼嗎？」

「這裡是替人安裝Ｓｕｉｋａ的店家嗎？」

「是的。除了安裝，我們也代辦Ｓｕｉｋａ申請手續。要幫小孩子安裝Ｓｕｉｋａ嗎？本店現在含保證金只要五十七萬毫圓就能申請。」

「不，我現在不需要。」

尋人略為猶豫，決定還是問看看。

「我想請教一下，六歲前沒導入Ｓｕｉｋａ就被放逐到站外的孩子，在成年後也能重新安裝Ｓｕｉｋａ嗎？」

「呃……首先，很少有被拋棄的孩子能長大成人，即使有，想安裝也得繳納保證金，沒有Suika帳號當然無法支付，除非有站內居民願意出錢當保證人。」

「所以技術上沒有問題？」

「我想是吧。我們沒接過這種案子，不過據我聽來的消息……」

說到這裡，老闆壓低聲音，小心翼翼地觀察四周眼光，說起他聽到的故事。那是一個不知出自何方、在活體電器業者間廣為流傳的傳聞。

從前從前，某個地方有位大富翁，某日他在甲府附近的小車站外發現一名被拋棄的九歲小女孩。不知是家長貧困還是家庭問題，無法支付保證金而被拋棄的女孩，靠撿拾廢棄食物活了下來。男人覺得她很可憐，便找來業者替女孩導入Suika，並收她為養女。富翁的慈悲心腸廣受街坊鄰居所稱道

然而，富翁其實具有戀童傾向，以導入Suika作為條件，逼迫少女在床笫之間服侍他。少女一開始聽從，某天，趁著富翁睡著時逃離富翁的家（位於當時的最上層，佔地廣闊）。

富翁醒來，發現少女試圖逃跑，立刻追趕，少女一時緊張，抓起走廊擺設的花瓶砸向富翁。富翁受傷，少女趁機離開富翁的宅第，逃向遠方，卻被趕來的自動驗票機以不當用戶為由逮捕。就這樣，少女再次被流放站外，這次被放逐的地方連食物也沒有，不

久就死了。

「結果那個富翁害怕事情鬧大，便宣稱少女是病死的。」活體電器行的老闆說。

「真是悲慘的故事。」

「也許長期在站外生活，忘了站內的法律吧。真可憐。」

「……我還有一件事想問。你們能替這個充電嗎？」

尋人從背包取出涅普夏邁的電子告示板。自從離開磁浮鐵路後，電子告示板停止喋喋不休的紅色光芒，靜靜地沉眠中。

「唔……沒看過這種產品。這是哪家廠商製造的？」

尋人什麼也沒回答。假如老實回答是ＪＲ北日本，不知會給他帶來何種麻煩。

「這種稀奇古怪的機器，帶去１１７層的『根付屋』就對了。那裡專門處理這類怪東西。搭那座電梯就能到上面的階層。」

「我明白了。」

「不過那間店老闆是個怪人，營業時間很不固定。」

尋人向老闆道謝，離開店內。

不儘快讓電池沒電的涅普夏邁復活不行。說來丟臉，不管是來甲府的點子，還是來到此的交通手段，全都由涅普夏邁包辦。沒有他，尋人自己一個人什麼事也辦不了。

沒有直通117層的電梯。在這個巨大階層都市，只要有適合垂直上下的空間，就會生長出能一口氣貫通三十階層的電梯。人潮愈多的地方電梯也愈多，但不是到處都有空地，結果使電梯分布變得很零碎。尋人從「中山活體電器行」所在的59層上到117層的過程中，轉搭了許多次電梯。

每個階層都有不少自動驗票機駐守，但每一座都坐著不動。見到一對八歲上下的兄弟亂摸自動驗票機，母親一旁催促「再不快走，店家就要關了喔」。這時，弟弟突然喊起「燒賣拳！燒賣拳！」敲打自動驗票機腰部，母親嚇得臉色大變，高聲制止小孩「不可以打車站設備！」四周行人聽到騷動，紛紛望向母子倆。

站員跑過來問發生什麼事。母親說明事情經過，站員說：「放心，小孩子敲打而已，自動驗票機不會反應的。」接著溫柔地告誡小孩：「小弟弟，不乖乖聽媽媽的話不行喔。」母親和孩子一同向站員行禮。這段期間，自動驗票機的臉部螢幕毫無動靜。

站內情況是由和SuikaNET連線的監視器進行監控，自動驗票機不過是執行部隊，只要待在發生問題時能火速趕往現場的地點即可。像甲府這種慢性交通壅塞之處，自動驗票機通常一直坐在牆邊充電，忙著到處巡邏的反而是穿制服的站員。

走在甲府街頭，尋人注意到一件奇妙的事。不管是站員或自動驗票機，都與橫須賀或鎌倉見到的造形有些不同。

（如果涅普夏邁所言正確）站員是各地居民自行成立的自治組織，因此制服設計不同並不意外。但自動驗票機的造型各地不同又是怎麼回事？

來到位於１１７階層的店家，看板以古色古香的行書體寫著「根付屋」，是一間整體彷彿從時代劇中蹦出來的純和風商店。若沒有貼著「修理各式機械」的告示，完全看不出是電器行。

「歡迎光臨。」

坐在店裡的女人見到尋人，向他招呼。女子身穿運動外套，外面罩著圍裙，一綹長髮束在背後，戴銀框眼鏡。年紀似乎比尋人稍大一點。

「我想替這個充電，有工具嗎？」

尋人取出涅普夏邁的電子告示板說。女子看了一眼電子告示板背面，說：

「咦？這不是ＡＡＴ規格嗎？你在哪挖出這古董？橫濱車站內老早就不用了。」

尋人想，似乎比剛才那間店更值得期待。

「一言難盡。如果這台機器不能動，我會很傷腦筋。倘若妳沒辦法修理，我只好拿去其他店家了。」

「我不行的話，全甲府就沒半家能修理了。先坐著等一下吧。」

女子指著店內櫃台前的椅子說，接著走進後面房間，開始在五斗櫃抽屜裡翻找。五斗櫃裡塞著滿滿的線材，一拉出抽屜，線材彷彿彈簧般彈出來，似乎一旦打開就很難塞回去。

「相容AAT規格的機器性能非常好，戰前廣泛使用，但因橫濱車站的生產設備不生產這種機器，現在變成失傳的科技。聽說北海道還有製作，但要和SuikaNET通訊需要轉接器，所以還是很麻煩……」

女子邊確認線材邊霹哩啪啦說出一連串專門用語。與其說她是在和尋人對話，更像較大聲的自言自語。總覺得很像某人。

尋人隨口應和，左顧右盼地觀察店內。商店裡擺滿不明用途的機械零件。他想，帶洋介來應該會很興奮吧。

這時，不經意在房間角落的寫字桌上發現一個相框。不是電子相框，而是列印出來的實體照片。拍攝對象是十來名青年男女。站在正中間的是這名女店員，看起來比現在年輕十歲左右，似乎仍未成年。她身邊有張熟悉的臉孔。

「等等。」

尋人說。女子停下動作，望向尋人。

「妳認識這個男人？」

尋人拿起相框，指著他認識的那張臉說。

「……你認識東山？」

「嗯。一年多前，這個人出現在我的故鄉。他自稱隸屬於菸管同盟，遭自動驗票機追捕，所以逃了出來。我受他所託，來此尋找他所屬組織的領袖。」

「尋找領袖……」

女子將糾結成一團的線材拋到榻榻米上，回到櫃台。

「是的。東山說他們的領袖恐怕仍在躲避自動驗票機的追捕，希望我能幫忙。」

「你的故鄉在哪？」

「在甲府東方，離此地有段距離處。三浦半島上一個叫九十九段下的地方。」

聽他說完，女子翻開筆記型電腦，敲動鍵盤進行搜尋。畫面顯示出橫濱車站內部設施圖。三浦半島上所有地方均被標上紅色，但沒有搜尋到「九十九段下」這個地名。因為那是海岬居民自己取的名字。

「在這裡。」

尋人指著筆記型終端機螢幕某處。ＳｕｉｋａＮＥＴ記載為「橫濱車站１４１５號出口」與其週邊地區。

「換句話說，你受到東山請求，不遠千里來找『我』囉？」

說完，女子從相框抽出照片，翻開背面給尋人看。上頭寫著：

菸管同盟　創立成員

尋人睜大眼睛，盯著這段字。

「……看來是這樣沒錯。」

說完，視線移往店外。幾十公尺外，就有一台自動驗票機坐鎮在那裡。

「怎麼跟我聽到的不一樣？東山說妳被自動驗票機追捕。」

「是的，我現在依然遭到通緝喔。」

女子若無其事地說。

「有很多事情想問你，還是先自我介紹吧。我叫二條圭葉，曾經是菸管同盟的領袖，請多指教。」

圭葉說完，輕輕點頭致意。「我是三島尋人。」尋人略感困惑地回答。他自己才真的有一堆事想問。

◆

ICoCar System（直角座標偽裝系統）

體內植入Ｓｕｉｋａ晶片者的位置資訊會隨時傳送到ＳｕｉｋａＮＥＴ。只要被認定違反Ｓｕｉｋａ使用原則，自動驗票機便會根據位置情報逮捕不當用戶。位置資訊的水平座標和垂直座標是分別傳送的（之所以如此，是因為這是ＧＰＳ衛星尚能派上用場的時代的殘跡。）

菸管同盟的領袖二條圭葉後來開發出能偽造垂直座標的手法，讓甲府自宅兼店舖的「根付屋」的伺服器持續發出假資訊。即使她本人位在甲府１１７層，ＳｕｉｋａＮＥＴ也會以為人在最下層，並派遣自動驗票機前往該處。水平座標偽造系統現正努力開發中。兩者合稱為直角座標偽裝系統 Imitation of Coordinate in Cartesian space：ＩＣｏＣａｒ。

「換句話說，我現在無法離開甲府。」

圭葉說明。若想離開甲府到其他都市，途中必然會經過階層單薄之處。由於偽造垂直座標的手法只在階層厚度充分的地區才有效，一旦來到站體結構單薄處，恐怕立刻會被自動驗票機逮住。

「必須告訴妳一個壞消息，東山半年前死了。站內人在戶外環境下通常活不久。教授說是免疫系統的問題。」

「……這樣啊。」

圭葉瞥了一眼寫字桌上的照片。照片為十二名菸管同盟的創立成員。最多時成員多達百人。有些成員她甚至從未碰過面，這點算是網路組織的通病。

同盟的活動一直持續到四年前。活動內容主要是入侵ＳｕｉｋａＮＥＴ。

「ＳｕｉｋａＮＥＴ」是埋設於橫濱車站的網路，原本是橫濱車站為了傳遞自動驗票機等車站設備間的訊息而生長出來。一世紀前，人類成功解讀其應用程式介面部分，進而能利用網路通訊，但截至目前為止，仍未能完全解析其內部結構。

「結果你們幹了什麼才被橫濱車站放逐？」尋人問。

「東山說你們是因為反叛車站所以才遭到放逐的。」

「他這麼說？」

「嗯。他還說同盟的目的是掌握ＳｕｉｋａＮＥＴ的通訊結構，進而控制自動驗票機，將人類從橫濱車站的統治中解放出來。菸管同盟說來算是對抗車站統治的反抗軍，是在偉大領袖的率領下，橫濱車站中唯一成功控制過網路的組織。但人類對ＳｕｉｋａＮＥＴ的過度干涉被判定為對車站結構的破壞行為，結果，同盟所有成員都被視為Ｓｕｉｋａ不當用戶，遭到自動驗票機追捕。」

東山生前老是很自豪地把這些話掛在嘴邊，不知不覺間尋人就記住了。雖然很多地方不怎麼明白，對尋人而言，就像能通往異世界的魔法咒語一般深具魅力。

但圭葉卻聽得如坐針氈，她說：

「其實我很慚愧。我只是為了個人理由才這麼做，卻連累他了。」

菸管同盟擁有許多入侵SuikaNET技術，比一般不當用戶更容易躲過自動驗票機的追捕，但最後還是全都被逮住，流放到站外了。等到圭葉建構出ICoCar系統，好不容易能鬆一口氣時，其他成員早已不知去向。

「雖然不怎麼清楚，辛苦你們了。」尋人說。

「東山發自內心尊敬妳。他總是說，我們的領袖很厲害，那個人是天才。」

雖然這些話總伴隨著對九十九段下的歧視，在海岬居民耳裡其實聽得很刺耳。

「不過真驚人。我的故鄉有人能連上SuikaNET，從中撿拾資料，沒想到你們竟然還能偽造位置資訊，甚至控制自動驗票機。」

「你帶來的東西才真的讓我吃驚。當然也包括這孩子。」

圭葉將涅普夏邁的電子告示板放好，望了結構遺傳界消除器一眼。

「這個能消除結構遺傳界……很難以置信啊。」

「要試試嗎？」

「既然如此，我正好有個地方想挖洞，能幫我嗎？」

「可以是可以，不過這玩意有電池殘量限制，太麻煩的就沒辦法了。」

說完，兩人離開商店。圭葉關掉店內電燈，掛起「本日公休」的牌子。

「形式上是店，其實只是為了整天摸機械也不會被懷疑，才掛起電器行看板。」

「自動驗票機會懷疑嗎？」

「當然不是。它們沒那種知性。真正棘手的是站員。如果站員懷疑我，用儀器就能檢查出來，如此一來就麻煩了。他們向來以橫濱車站意志的執行者自居。」

於是兩人搭上電梯，下降到91層。

甲府第91層比其他階層更厚實，穿過電梯附近的零散住宅區後，可見到一整面的水果工廠。在紅色燈光中，低矮的葡萄樹或桃樹盤據視野。附近有些工廠工人走動。

「這就是站內的農場嗎？」

尋人說。靠廢棄品生活的九十九段下居民聽說過橫濱車站內到處都有食物生產設施，今天實際見到，規模更是遠超出想像。到處都有柱子，難以看清農場全貌，不過面積明顯比起九十九段下大得多。

圭葉的目標似乎不是農場，她沿著輸送帶快步前進。跟在她背後走的尋人，一路上看到不少疑似工人宿舍的房間。他想，長年在這種紅色燈光下生活，眼睛難道不會出問題嗎？

不久，兩人抵達工廠邊緣。那裡有一片玻璃隔牆，背後是另一間工廠。一道道輸送帶上運送著看似機械臂的物體。

「這是什麼？機械製造工廠？」

「是的。這裡就是自動驗票機的生產工廠。」

輸送帶盡頭有其他自動驗票機在默默組裝送來的零件。

「完全自動化，沒有人類員工。工廠整體包覆在含有結構遺傳界的玻璃之中，對外的進出口只有原料和完成品閘門。」

「是誰建造這種工廠？」

「在橫濱車站出現前，這種自動工廠應該就存在了，後來被結構遺傳界吸收，在各地生長出來。我在其他都市也看過相同類型的設施。」

「橫濱車站出現前自動驗票機就已經存在了？」

「那樣推測比較合理。橫濱車站沒辦法自行產生如此複雜的結構。」

兩人沿著玻璃牆繞工廠而行。走了一段路後，離開水果工廠，來到與自動驗票機工廠鄰接的空無一物的空地。

「能將這裡挖穿嗎？在盡量不引人注目之處。」

「這種程度的話沒有問題。」

尋人用結構遺傳界消除器在玻璃牆上照射可供人穿越的範圍，踢了玻璃牆一腳，只有結構遺傳界消失的部分產生裂痕，又踢一腳，玻璃鏘啷鏘啷地碎裂了。因為只用最小範圍照射，電池殘量沒有明顯的變化。似乎愈來愈熟悉用法了。

「……好厲害，結構遺傳界真的消除了。」

圭葉一邊說，不管滿地玻璃碎片，直接踏入工廠裡。

「我想取得某種物品，這裡很多，能幫我搬運嗎？」

圭葉從標示「剩餘零件」的箱子中取出部分電子零件，隨便塞進集貨箱裡。接著取出傳輸線與工廠內的數台終端機連接，進行複製資料。正在進行組裝作業的自動驗票機們對於祕密組織前領袖，且是橫濱車站最大通緝犯圭葉的明目張膽偷竊行為視若無睹，繼續埋首工作。

圭葉盯著螢幕的黑畫面，說：「太厲害了，連通訊客戶端的原始碼也有呢！過去只能從廢棄晶片中抽取二進位檔案。」「可惜還是沒有自動驗票機韌體的編碼，那個在戰後似乎就消失了。」看著她自顧自地興奮的模樣，尋人開始擔心會被附近的工人發現。

「為什麼不直接用炸彈炸掉工廠呢？只要機器停止生產，妳就能重獲自由了。」

圭葉把東西收進集貨箱裡，回答：

「只要結構遺傳界還在，工廠能重生無數次。就算用你那個消除器把整座工廠消去，一樣會在其他地方生成。」

尋人覺得自己問了個蠢問題。資料複製完成後，圭葉從機器拔掉傳輸線。

「因此搞破壞是沒有意義的。這不是冬季戰爭時期的游擊戰。」

一小時後，總算完成所有作業。圭葉將回收物分別收進四個箱子，貼上寫著

根付屋 專營電器製品修理

於117層營業中 SuikaNET帳號：××××-××××-××××

營業時間：不定時

的貼紙，請尋人搬三箱。機械零件比衣服重，但物流箱本身能堆疊，比紙箱好搬。

兩人抱著物流箱，回到117層的店裡。路上有站員們打量兩人，圭葉向站員點頭，說：「值勤辛苦了。」

「現在妳應該肯相信我的說法了吧？」

「嗯。不論是你用東山找到的18車票入站內的事，或者JR北日本的電子告示板少年的事我都相信了……雖然我本來就沒懷疑過。」

將收集來的資料傳送到自己的電腦後，圭葉重新開始進行涅普夏邁修復作業。

「不過，這孩子實在挺麻煩的。」

「不好修理嗎？」

「介面部分採用AAT規格，但內部是我完全沒看過的結構，我怕隨便通電會造成資料損毀。」

「嗯，他自己說過結構和人腦類似，並說這是『雪繪小姐』的技術。」

這麼說來，電子告示板內的資料可說是涅普夏邁的人格本身，萬一資料消失，等於對仿生人而言的死吧。不知他面對死亡時有何感受。

「他也說消除器也是那個人開發的，是吧？」

「嗯，真是個厲害的技術人員。」

「……其實我這十年來一直在收集解讀SuikaNET中的資訊，常有機會在網路找到JR北日本的加密通訊。十年前的北海道，技術水準和九州幾乎毫無差別。但在某個時期後，突然見不到來自北海道的通訊。正確而言，是仍夾帶在其他檔案中，但變得完全無法破解了。」

幾年前恰好是青函隧道防衛線被突破，JR北日本滅亡的傳聞廣為流傳的時期。見不到來自北海道的通訊也助長謠言擴散。

「那之後我就沒繼續追蹤北海道的科技進展，但是，光一個優秀的技術人員出現，是不可能突然造出如此厲害的人工智慧或足以和人類混淆的仿生人，甚至能消除結構遺傳界。如此多領域的科技不可能短短幾年就有重大斬獲。現實不是漫畫。」

「妳想說什麼？」

「首先，比較有可能的解釋是『雪繪小姐』並非某位特定的技術人員，而是一個研究團隊的名稱，或是該團隊的負責人之名。但這種團隊橫空出世仍舊很不自然。因此，更合理的解釋是，這些科技並非『雪繪小姐』獨立開發，而是她將已開發的科技帶到北海道。」

「那麼，那些科技又是誰開發的？」

「這位告示板少年控制首次見到的磁浮鐵路，把你送到這裡對吧？這件事其實很不可思議。因為關於磁浮鐵路的技術資料早已在ＳｕｉｋａＮＥＴ上失傳了。我怎麼找都找不到，所以肯定沒錯。」

尋人覺得圭葉的說法滿有道理。

「況且，北海道在歷史上從未建造過磁浮鐵路，因此，假如他們能取得資料的話，唯一的可能性只有一個。」

圭葉加強語氣說：「……ＪＲ統合知性體。那位『雪繪小姐』成功解讀統合知性體的語言了。」

◆

很久很久以前——圭葉開始說起一個老故事。

ＪＲ統合知性體是以過去存在的日本鐵路網建構而成的巨型人工智慧。人類很早就透過對人腦的研究，得知只要是具有高度複雜性的網路便能構成知性體。因此，這個計畫簡單說便是利用覆蓋全日本的鐵路網，創造出高度人工智慧。

冬季戰爭時，各家企業紛紛投入戰略用人工智慧的開發競賽。有的提出在東京設置大型伺服器的中樞型，有的則主張使用連接一般家庭電腦的分散型，但這些方案都有無法對抗來自太空的衛星攻擊或利用電腦病毒的網路攻擊的問題存在。

在這當中，作為解決方案的ＪＲ統合知性體的最大特徵是，只要存在於日本列島的網路節點（車站）過半數沒被敵方直接佔領，就能維持人工智慧的可靠性，可說是相當頑強的系統。倘若領土被佔領一半，戰爭恐怕也終結了吧，基於這樣的想法，擔心首都被壓制的日本政府決定採用這個方案。即使到了戰後，ＪＲ統合知性體仍作為依然陷入混亂的日本列島的實質統治者繼續存在。

「但從某個時期起，作為統合知性體的構成節點之一的橫濱車站突然開始自我增殖。原因不明。當橫濱車站沿著鐵路將整個鐵路網吞沒之後，統合知性體失去了人工智慧的機能，只剩覆蓋本州的橫濱車站與失去功能的知性體節點。」

「妳的意思是，JR北日本挖掘『車站』，取得古代的科技資料？像是消除器或夏邁這種仿生人技術。」

「只要是過去有車站的地方，要挖掘並不難。九州那邊應該也有這麼做。問題在挖掘出來後。」

JR統合知性體連接當時仍遍及全世界的網際網路，將網際網路的資料引入自己的網絡中，進行資料的篩選與複習，產生獨自的思考樣式和語言體系。但自從被橫濱車站吞噬而失去知性，再也沒人能解讀那種語言，只以二進位資料的形式被保留下來。

古代曾經有過將天才科學家的頭腦保存下來，試著解析他頭腦的祕密的瘋狂計畫。解讀統合知性體的資料可說和那個計畫一樣異想天開。

「但是『雪繪小姐』卻成功了。」

「是的，雖難以置信，這是最合理的解釋。」

關於本州橫濱車站化之前的歷史，尋人們所能知道的事並不多。只知當年的科技比現在更發達，但因為國際間的激烈戰爭，使得人類文明衰退了。換句話說，若能挖掘出這時代的科技，的確很有機會能取得可與橫濱車站對抗的手段。

尋人聽完圭葉的話（只聽得懂一半），問：

「所以說，夏邁修復不了了嗎？既然他很可能採用古代的超科技的話。」

「我正在嘗試各種可能性，但別太期待，當成比讓死人復活的可能性略高就好。」

尋人默默點頭，接著思考。

人總有一天會死，機械也一樣。

但是，會不會太淡然處之了？

既然是模仿人腦，正常說來，應該也會感覺恐懼或慌張吧？還是說，既然是要製造仿生人，所以將這類沒用的情感都去除了？

在尋人想著這些事時，圭葉從寫字桌抽屜裡取出小塑膠盒，從中拿出有著大型鏡片的老式眼鏡。

將銀色細框眼鏡放在桌上，戴上老式眼鏡，走向放置在房間角落的機械。那台機械有著體積與自動驗票機相近的大型黑色框體，上面蓋著透明塑膠蓋。

她從剛才由自動驗票機工廠搬回來的物流箱中，取出用塑膠袋包裝的細針狀物體，打開機械的塑膠上蓋，動作極為慎重地把針狀物體裝在機械臂上，蓋上蓋子。

接著拆下涅普夏邁的電子告示板外殼，內部有邊長約三公分的小型立方體。這似乎就是夏邁所說的「主記憶體」吧。圭葉用大型鑷子取下立方體，放到黑色框體中。

輸入幾顆鈕後，機械開始發出高頻嗶聲，透明蓋子中的機械臂開始緩緩動起。

結束一連串作業後，圭葉摘下眼鏡放回塑膠盒，輕嘆一聲，戴回桌上的銀框眼鏡。

雖然過程只有短短的五分鐘，尋人彷彿面對某種神聖儀式般，動也不動地守望著圭葉的作業。

「妳現在在做什麼？」尋人問。

「掃描記憶體的內部結構，從SuikaNET的資料庫中尋找是否有相符的設計。如果是站內也有流通的類型，或許就有辦法修理。」

「很花時間嗎？」

「要看掃描精密度，若以這個機械能辦到的最高精密度，大概要七、八小時。」

看來還是有點希望，尋人感到開心。

但相對他也再次被迫體認到自己有多無力，只能期待擁有知識或技術者的努力。

「假如成功修復，你今後要怎麼辦？」

「嗯……」

尋人略為思考後說：「我原本受東山之託來幫助妳，既然現在已盡了收取18車票的義務，剩下三天應該會去自由活動吧。」

「有想去的地方嗎？」

「對了，我想請妳幫我查詢個地方。之前我用站內賣店終端機查詢過，雖然有找到地點，卻說查詢不到路徑。」

「可以啊，什麼地方？」

圭葉邊說邊翻開筆記型終端機，打開名為「SuikaMAP：車站內部設施詳細導覽」的應用程式。

「42號出口。」

瞬間，圭葉的手停住。

「……再說一次。」

「42號出口。」

聽完，圭葉不知在想什麼，把打開的筆記型終端機遞交給尋人。

「有看到左上有個放大鏡圖示吧？在那裡輸入你想找的地點就能進行搜尋。」

「咦？好，我知道了。」

說完，尋人準備輸入文字，但鍵盤一片黑，什麼文字也沒印。

「這鍵盤是怎麼回事？」

「用了十年，印字被磨光了。」

「4在哪？」

「上段左起第四個鍵。」

「2呢？」

「左起第二個鍵。」

「『ㄏ』呢？」

「什麼？」

「我想打『號』這個字。」

「這台用的是拼音輸入法，所以要輸入『h』喔。中段左起第六個鍵。」

「糟糕，按錯了，我按成『g』。」

「按『backspace』可以消除，上段最右側的按鍵。」

尋人依照圭葉的指示，一個字一個字輸入。不由得想，為什麼她要讓我做這麼麻煩的事？她來輸入不是快多了？花了一分鐘左右，好不容易把「42號出口」輸入完畢，畫面中的沙漏符號轉一陣子後。跳出『共有1項結果』的訊息，同時顯示出代表「42號出口」的紅點和週邊地圖。比起之前在站內賣店終端機找到的地圖資訊量更多，也更複雜。紅點被灰色粗線團團圍住。下方的比例尺顯示灰線環繞範圍直徑為一公里。

「這條灰線是？」

「車站牆壁。換句話說，你想去的地點被結構遺傳界牆壁包圍，沒有出入口，所以絕對抵達不了，當然也找不出通往那裡的路徑。但是，只要用你手上的那個工具……」

圭葉盯著尋人身上的結構遺傳界消除器說。

「這裡是橫濱車站的哪裡？離甲府很遠嗎？」

「同時按『ctrl』與『-』可以縮小地圖。」

「哪個按鍵？」

「……畫面右上角有個縮放圖示，按那個也可以。放大鏡內部有減號的那個。」

尋人照做，灰色的線條漸漸縮小，週邊地形逐漸清晰起來。紅點似乎位於甲府西邊的山岳地帶，正好是本州的正中央。彷彿為了挑個離海岸最遠的地方才選這裡一般。紅點周圍顯示「松本」、「飛驒」、「下呂」等都市名。

「直線距離約一百公里。平地的話恐怕來不及，幸好路上經過好幾座山脈，應該沒問題。」

「有高低差比較好嗎？」

「當然。這樣才會生成電扶梯啊。終端機先還我。」

從尋人手中接過終端機，圭葉以極快的速度輸入指令，畫面中有大量程式視窗迅速開啟又消失。

接著地圖上顯示出一條藍色折線，似乎是最短途徑。

「首先橫渡南阿爾卑斯，在伊那下山，然後登上駒岳，在木曾下山，最後一直線攀登就到目的地了。只靠電扶梯本身的速度，想在三天內抵達還挺勉強的，但加上你自己的步伐應該充分來得及。你對體力很有自信吧？」

「比站內居民強一些。」

尋人有些自豪地說。

終端機顯示出搭乘電扶梯的最短途徑與預估時間。都是沒聽過的地名。能走到如此內陸的地方，尋人莫名感到興奮。

「不過有個問題。就算我能在三天內抵達這裡，也沒時間離開車站。」

「什麼意思？」

「我的18車票期限只剩三天半。」

「18車票？」

「類似有時間限制的Suika票券。」

尋人從背包中取出18車票。畫面顯示「剩餘三日又十三小時」。

「期限一到，自動驗票機立刻會來把我放逐出去。」

「原來如此……」

圭葉略為沉默，接著看著地圖，深入思考。

「等等喔，我想想看是否有對策。」

「什麼意思？」

「我能動點手腳。你也知道，我被認定為不當用戶後，仍在這裡生活了四年。只要能掌握你的正確位置，要幫助你離開車站不是什麼大問題。」

說完，用筆記型終端機叫出日本地圖，一邊喃喃自語，一邊迅速地輸入指令。

畫面跳出「ＳｕｉｋａＮＥＴ 節點獲得狀態」字樣，同時在地圖上顯示一條綠帶。從甲府往西如蛇狀蜿蜒延伸到遠處，西邊端點寫著「京都」。畫面接著又浮現「自動驗票機假餌　ＯＫ」、「直接通訊　ＯＫ」等字樣。

尋人不禁想，這個人為何要為了我的目的這麼努力？

「這份地圖盡量保持在最新狀態，但畢竟電扶梯配置一直在變，無法保證精確。大致地形我想應該都一樣，細部狀況就麻煩你當場判斷囉。」

「啊？嗯嗯。」

尋人回答，雖然不怎麼明白要判斷什麼。

「是那個電子告示板少年要你去那裡的嗎？」

圭葉看著黑色框體說。機械臂緩慢移動掃描著涅普夏邁電子告示板中的記憶體。

「不，是我故鄉的一個老人。他以前在站內某實驗室裡擔任教授。只不過由於語言不通，所以我們也不清楚他的過去。」

聽到這裡，圭葉一臉詫異地問：「言語不通？」

「嗯。他的話聽起來很像日語，仔細聽又不一樣。一開始我還以為那是站內通行的語言，但連甲府這裡的語言也和我們的幾乎沒有差別，所以我想他應該是從很遙遠的地方來的吧。」

「不可能。透過SuikaNET通訊，站內不管哪裡言語都幾乎沒有差別。我出生在離這裡很遙遠的西方都市，也頂多一些詞彙的說法不同，再怎樣也不可能變得完全無法溝通吧。」

「不然是怎麼回事？」

圭葉沉默了幾秒後，說：「……我也不明白。」

從認識到現在，圭葉似乎是第一次說「不明白」。尋人也發現她的表情微妙地變得嚴肅起來。

「那個教授對那個地方還有說什麼嗎？」

「我也不清楚。他只說一切答案都在那裡。不過他的話向來讓人摸不著頭腦，且也有失智傾向。」

尋人說。

「那麼，那個電子告示板少年呢？關於那個地點他有何看法？」

「我有問過，但他也說不清楚。」

「是他個人不清楚，還是整個ＪＲ北日本都不清楚？」

「我沒問那麼多。」

◆

「還有時間，要去外頭吃個飯嗎？」

「要去站外？」

圭葉覺得有點好笑。

「……在你的感覺中，『外頭』就是站外吧。」

「當然，妳沒出過站外嗎？」

「沒有。」

尋人覺得頭痛起來。

沒安裝Ｓｕｉｋａ的他無法進站很正常，但站內居民照理說能自由進出。可是來到海岬的全都是放逐者，幾乎沒看過正規Ｓｕｉｋａ用戶。

這不代表站內居民害怕站外，比較像是避免與站外居民接觸。九十九段下附近有一處沙灘，由於不適合居住，所以沒有住戶，但是一到夏天，還是有些站內居民會去那裡做海水浴。

「呃，站內的……不，住在這附近的人們，終其一生沒人沒看過太陽嗎？」

「當然不是。去頂部階層就能看見太陽。很多人會在元旦時特地去站外欣賞日出，也有人興趣是做日光浴。我個人不喜歡曬太陽，皮膚會曬得很痛。」

圭葉再次掛上「本日公休」的牌子，與尋人一同搭乘電梯向下，來到１０９層。一塊寫著「餐飲街」的老舊看板旁貼上許多應是後來才印刷的餐廳介紹。

各餐廳似乎是在原本生成的車站建築上，各自加上板子或布料做為裝飾。走廊兩側一整排都是餐廳，掛著形形色色的看板。

「１３２層直送　甲州牛牛排」

「元祖河童蓋飯」

「站內第２美味霜淇淋」

「身延町特產豆皮」

時間已過晚上八點，走廊上仍然有不少行人，且到處都有自動驗票機坐鎮，連擦身而過都有困難。

雖然每家餐廳佔地面積相差無幾，只需由窗外一瞥，連尋人也能看出那是高級餐廳還是大眾餐廳。

主要是因為顧客的服裝。有的餐廳是西裝男女靜靜在店內動刀叉，有的則有明顯是勞工的年輕人彷彿趕工般狼吞虎嚥。也有看到剛才在91層農場見過的工作服。

「有想吃什麼嗎？」

圭葉問。

「我沒Su·ika，在站內想買個東西也辦不到，所以由妳決定吧。」

「真虧你能來到這裡。」

兩人進入以勞工為主要客群的餐廳。店內稱不上乾淨，因此穿運動外套的圭葉和全身破舊衣物的尋人進入這裡也不引人注意。櫃台擺著標示「勝沼紅酒」的酒瓶。

「勝沼？」

「聽說勝沼過去是葡萄產地，車站吸收那個城市，生長出91層農場，現在只用來當品牌名。」

記得涅普夏邁也曾說過，土地的記憶在橫濱車站的擴張過程中被吸收了。

「你的故鄉沒有酒類嗎？」

「基本上都是廢棄品，所以像酒這種沒有保存期限的食品很少見。偶爾會被排出一整箱，通常收藏在首長家中等慶典時拿出來讓眾人小酌一番。」

「或許有其他釀酒設施新生成了。如果流通通路形成太慢，來不及出貨的份就會遭到廢棄。」

尋人一面看著菜單，眼睛卻頻頻望向酒瓶。

「想喝就買吧，完全不必擔心錢的問題。」

「完全？」

「是的，完全。如果你不習慣喝酒，最好節制一點，明天起就要長途旅行了。」

尋人抗拒不了好奇心，點了一杯。店員以老舊小酒杯倒了半杯給他。

「那麼，為今天乾杯吧。」

說完，圭葉舉起自己點的綠茶和尋人的酒杯相碰。

「對妳而言今天值得紀念嗎？」

「是的。我來甲府以後，整整三年都沒有好消息，可是今天就碰上了三件。」

「三件？」

「第一是聽到東山的消息。我很高興他在人生的最後階段能過得平穩。很抱歉，雖然你為了幫我特地走這一趟，但光是明白他能安穩地走其實就夠了。我其他的夥伴中，有些人的境遇更悽慘得多。」

尋人喝了一口紅酒，酒精濃度比流入海岬的瓶裝啤酒更強烈，覺得大腦好像微微浮了起來似地。

「第二，知道有能與結構遺傳界對抗的手段。」

「這對妳而言也是值得開心的消息？」

「當然。」

尋人不明白為什麼。她自己說過，破壞工作並沒有意義。因為潛入工廠偷到零件所以高興嗎？或者單純作為技術人員的好奇心使然？

「我實在搞不懂聰明人的想法。」

尋人直接說出心中所想的事。受到酒精影響，變得有點口無遮攔。

「如果我來此對妳而言是好消息，那就太好了。」

「我不是聰明人。我只是比任何人都更任性，所以才比任何人都更需要手段。」

尋人又喝了一口紅酒。

「你為什麼來這裡？東山做了什麼讓你覺得有義務完成他的遺言？」

「不，他並非有恩於我，反而都是我在照顧他。說老實話，他是個藐視他人、有點討厭的傢伙。」

「其實我也這麼認為。」

圭葉輕聲笑了。

「也許我只是需要一點能當成自己使命的事物吧。」

尋人說。平常的他不會公開談論自己的內心想法，明顯受到勝沼紅酒的影響。

「我住的海岬雖然只有車站廢棄品，不過至少生活必需品應有盡有。也因此人口眾多，不易找到工作。大家渾渾噩噩的過日子。雖然偶而有被放逐到站外的人，但當我聽到東山或剛才提起的教授所說的話後，雖然不盡然全懂，我很羨慕他們擁有人生目標。所以我想，假如我帶著某種目的，像是完成他們的請託，來站內走這一趟，或許就有機會能找到自己的人生目標吧。不論是來幫妳或是尋找42號出口，都是基於這種想法。」

尋人不知該怎麼表達自己的感覺。圭葉默默聽完，接著表情略為嚴肅地說：

「有件事我得先講。我說有方法能讓你逃出站外，但不保證能百分之百成功。畢竟目的地離這裡很遠，中途會發生什麼意外誰也不敢說。」

尋人默默點頭。這個他當然明白，否則圭葉就不會失去被認定為Ｓｕｉｋａ不當用戶的所有夥伴了。

「看來，你是否要去目的地，全看你是否信任那個教授的話和我的技術吧。如果想安全離站，我建議你現在立刻直接南下，穿越富士山到駿河灣。只要三天路程就能抵達。接著沿伊豆半島往東進便能回到故鄉。」

餐點被送上餐桌，是加了烏龍麵的南瓜湯。尋人從來沒看過這種食物。兩人幾乎沒有交談，默默用餐。

飽餐一頓後，櫃台女店員問：「請問要個別付費嗎？」圭葉答「我付就好」。伸手觸碰結帳櫃台的小型盒狀終端機。終端機的小小畫面顯示「匯出２４１５毫圓」。

回到１１７層的「根付屋」，落地鐘指著晚上十點。尋人原本就是喝點酒就想睡的體質，眼皮變得很沉重。

「你早上通常幾點起來？」

圭葉問。

「……我平常都這個時間入睡，六點左右起床。」

「那你去後面房間吧。我一向是從早上七點睡到下午兩點。」

說完圭葉打開紙門。後面房內有幾台機械嗡嗡作響，正中間擺著一組摺好的棉被。

「謝了。昨天睡在拘留所的硬床，深夜還被這傢伙吵醒，現在睏得不得了。」

尋人指著涅普夏邁的電子告示板說。

「我在你睡覺時會盡可能修復那孩子，總之別太期待。」

「好。」

「至於是否要去那個地點，等你明天醒來再做決定吧。」

說完，圭葉關上紙門。

尋人想，她似乎很希望我去42號出口。雖然不知為何，圭葉肯定知道那個地方的祕密，卻故意迴避，希望我以自己的意志做決定。

關掉房間電燈，四周機械閃爍的燈號與散熱風扇聲，以及隔壁房間圭葉的作業聲持續著，但尋人昨晚天未亮就被吵醒，又走了一整天的路，一瞬就墜入夢鄉。

在朦朧的意識中，突然想到「教授」說不定是那個什麼「ＪＲ知性體」的一部分，所以才會言語不通。但問題是，人工智慧會失智嗎？

4. 滿布車站的海洋

OR ALL THE SEAS WITH THE STATION

久保利一直在思考偷出武器的方法。

ＪＲ福岡員工宿舍有限電規定，一到晚上十點就熄燈。在沒有燈光的房間裡，利將終端機螢幕亮度調到最低，盯著總公司的武器庫平面圖和軍事部門士兵的巡邏路徑，研擬偷出槍械的計畫。然後，一如往常地得出「幾乎不可能」的結論。這已成為他每天下班後的例行功課。

為了渡海到四國，他需要武器。四國不是沒帶充足火力就能逛大街的安全之地。但利身上只有一把九州州民允許攜帶的護身短槍。

武器庫收納著Ｎ７００系最新式電動泵浦槍。那是利進公司後不久即開始開發的新步槍，他也有參與開發計畫。他認為那是二十四年的人生當中，唯一有價值的事件。即使不考慮必要性，也應收藏一把在身邊。

電動泵浦槍是九州生產的武器，但在對抗不斷侵逼的橫濱車站的作戰中絲毫沒有幫助。這徹底是對人用武器。正因如此，這些威力有一定程度的武器由九州統治者ＪＲ福岡獨家生產，分配給軍事部門使用，受到公司的徹底管理。

想從博多總公司的武器庫中奪取槍械可說萬無可能。就算能弄到手，恐怕連逃出公司大樓也辦不到吧。若是熊本分公司的庫房或許還有機會。但是要在不熟的環境竊取武器逃往四國，更是難如登天。

「該死，真麻煩。人類怎麼不乾脆滅亡算了？」

喃喃說完，利閉上眼，集中在聽覺上。耳機播放著電影的劇情。是從JR統合知性體的輸入層中挖掘出來的古典科幻電影。

主角是一名參加恆星間飛行任務的太空人，過程中地球發生全面核戰，所有人類都毀滅。陷入恐慌的船員們開始互相殘殺，剩下最後一名船員繼續進行任務。電影在太空船來到離地球四光年遠的比鄰星處落幕。

由於內容過於灰暗，票房慘澹，利卻反覆觀看這部電影無數次。

『確認路易船長的心肺功能停止，基於規定，由你升格成為船長。泰勒船長，請多指教。』

太空船管理AI對主角說。日語配音的年代久遠，但在配合現代語字幕觀看無數次後，利光聽發音就能明白意思。

『怎麼了？船長。』

『沒事，哈爾。我只是想，這下子更不用擔心氧氣存量了。』

主角面無表情地回答。他背後是其他船員的遺體。

接著鏡頭切換到紅矮星，以近光速航行的太空船為了進入恆星軌道，開始減速。

『咚嚨。』

響起某種效果音。

利回過神來。這種聲音不應存在。他張開眼看畫面，聲音並非來自電影，是收到電郵的通知聲。瞥見寄信人，太陽穴微顫。該欄位顯示「JR福岡 情報部門第一課 大隈」。

〉致 技術部門第四課 久保利

〉好久不見。

〉我大致知道你在想什麼，身為公司前輩，我想和你談談。

〉下個星期日來一趟防衛線基地吧。

〉如果你肯順手帶一盒長崎蛋糕來，事情能進行得更順利。

〉大隈

利想，被麻煩人物盯上了。但反過來說，這未嘗不是個轉機。

◆

常看高度文明時代的電影會發現，當年人們總以為當碰上核戰、隕石或喪屍危機時，人類會在一夕毀滅。畢竟電影只有兩小時左右，如此演繹也是不得已。

然而，實際的滅亡比起想像更是緊抓不放，令人作嘔，死纏爛打。在長達數百年的冬季戰爭將文明燒毀殆盡後，隨之登場的是不受人類控制、會自我增殖的建築與隔著海峽阻止它渡海的人類之間橫亙數十年的交戰史。

本州和九州之間只隔了狹隘的關門海峽。那是現下橫濱車站的最西端，也是阻止車站繼續增殖的ＪＲ福岡所拉起的防衛線。由現實面考慮起來，能阻擋車站增殖的防線只有這個海峽。一旦這裡被突破，除了離島，九州全域都會被橫濱車站所吞沒。

由於整座建築包覆在抗結構遺傳界聚合物之中，ＪＲ福岡的前線基地內長期瀰漫著一股獨特的化學氣味。利帶著一盒長崎蛋糕，在入口處出示社員證，穿過安檢門，來到大隈所在的情報部門第一課。

三十歲的大隈坐在辦公室的椅子上，雙腳靠在桌上，右手拿著小雞形狀的點心，左手用平板型終端機閱讀書籍。

「嗨，好久不見。你還是那張對人生毫無幹勁的臉啊。」

說完，把平板放在桌上，看到利手上的手提袋裡裝了一盒長崎蛋糕，碎碎唸道：

「你這小子有前途。一直待在前線基地，三個禮拜沒吃到長崎蛋糕都快瘋了，差點就對總公司的系統做出ＤｏＳ攻擊咧。」

然後將裝豆沙饅頭的盒子往前一推。

「要吃嗎？一個人吃八顆實在太多了點。」

「不用了，我不怎麼喜歡甜食。」

利用平淡無感情的聲音回答。大隈端起桌上茶杯喝了一口，凝視利的眼眸。

「那麼我就開門見山地說吧，久保利，你似乎打算偷出本公司武器。」

聽到這句話，利沒特別反應，眼睛望著窗外。

「管理公司內部網路的是我們情報部門的工作。就算通訊本身有加密，光看你和誰接觸，就大致猜得到你在想什麼。」

依然沒有反應。假如產生反應不是一件合乎邏輯的事，他便能徹底不動聲色。久保利就是這樣的人。

「當然，只在腦中構想是個人自由。我們擁有思想自由，也有言論自由。不過，也有公開情報的義務。我接下來要說的這件事反正即將在公司內部公開，所以先告訴你。不久前，有人從武器庫偷了一打Ｎ７００系步槍。」

利的右手顫動了一下。

「當然，很快就找到犯人了。犯人是軍事部門的士兵三人組。負責管理武器庫的這三人共謀行竊。如你所知，想從武器庫偷出槍枝逃亡基本上根本不可能辦到。現在軍事部門的川上先生正在訊問那三個士兵，待會就結束了。」

「他們是怎麼被發現的？」

利問。他原以為拉攏武器管理員是最可能成功的方法。只是自己沒有那種交涉能力，所以從一開始就放棄。

「那三人和橫濱車站的業者交涉，用一人四把槍作為條件，交換Ｓｕｉｋａ系統安裝費，以便能在站內生活。只可惜，他們和ＳｕｉｋａＮＥＴ的通訊『不知為何』還是被我們情報部門看得一清二楚。」

利默默地聽著他的話。槍枝的價值被過於看輕，令他覺得難以忍耐。區區噁心建築物的入場券，憑什麼交換四把如此寶貴的長槍？

「利，來玩個小小猜謎吧。連管理員都偷不了的武器，該怎樣才能成功偷出？」

利保持緘默。

「我的答案是，當收回失竊物要放回特定位置時，警戒心意外地會降低。當然，臨時碰上這個機會，一般人反應不來。但如果是每天盤算偷槍計畫的人，成功機率肯定會高了不少吧。」

大隈看著利的眼睛說。利的眼睛一直望著外頭。

這時，大隈放在桌上的終端機嗶嗶響起。

「川上先生要過來了。我來應付就好，你別多嘴喔。」

大隈說完，自己笑了。

「啊，我這句話才是多嘴。你本來就是除了必要的事，什麼也不說的人。」

◆

房間裡有一名軍事部門的軍官，他對面跪坐著三個一般兵，中間的地上擺著一整打的長槍。是JR福岡生產的N700系電動泵浦槍。

由於只要是金屬都能當子彈的高度通用性，電動泵浦槍在冬季戰爭難以維持補給線的末期開始普及，被譽為「人類史上僅次於石器最受廣泛使用的武器」。最新型N700系步槍若調整為最大功率，甚至足以把人體打成兩截，然而，這樣的火力對含有結構遺傳界的橫濱車站幾乎毫無效果。換句話說，這是用來維持九州治安的武器。

「根據情報部門的報告。」

軍事部門的軍官——川上打破沉默。

「你們三個利用私人終端機連上ＳｕｉｋａＮＥＴ，和下關的Ｓｕｉｋａ安裝業者聯絡，以一人四把電動泵浦槍作為交換條件，好移民進橫濱車站。經調查後，武器庫確實有槍枝下落不明。」

川上從地上撿起一把步槍。

「同時，在你們床底下找到與遺失ＩＤ吻合的槍枝。倘若上述情形是事實，私帶武器逃亡未遂是重罪。你們想為自己辯解嗎？」

三人互視，其中兩人眼帶怨懟地瞪著剩下的那個，表情彷彿在說「都是你害的。要不是你說沒問題，我們也不會參與。我們只是被你煽動了。」

其中一名放棄似地說：「既……既然如此，我……我就不客氣地說了。我……我們希望結束這場無意義的戰爭，九……九州也應該接受橫濱車站統治……」

「你們想放棄身為州民的義務嗎？」

「我們打了五十年的戰爭，不但沒有擊退橫濱車站，敵人還愈來愈強。之前的爆炸攻擊也有兩名同胞犧牲了。迎接橫濱車站，才真的能為州民帶來安寧吧？」

「能做出決定的人不是我們。況且，你們這些只顧著自己逃亡的傢伙，有什麼資格談論州民的安寧？」

川上瞪著三人說。士兵們不敢吭聲，只低頭瑟瑟發抖。

川上打開情報部辦公室其中一個房間的門，見到大隈。他兩腳高翹，沒起身，坐在椅子上向川上點了個頭。身旁有個川上不認識的年輕員工，即使知道軍事部門軍官進房，依舊毫無動靜地盯著窗外。掛在胸口的員工證顯示「技術部門第四課　久保利」。

「辛苦了，那三個都認罪了。」

「太好了，你也辛苦了。」

大隈拿起一塊蛋糕回答。不管是年齡還是社內階級都是川上更高，這名情報部門的精英卻把川上當同輩對待。

「雖然身為告發者還為他們求情有點奇怪，能否輕判他們？他們和我同期進公司，也算有點情誼。啊，要不要來一顆豆沙饅頭？」

說完，大隈遞出豆沙饅頭的盒子。川上用手勢拒絕，心想，這男人怎能滿不在乎地在這種充滿化學臭味的基地進食？在戰況緊迫的前線，老是能弄到一整盒一整盒的點心，也是這名男子的謎團之一。

「刑罰必須依公司內部規定秉公處理，不是我個人能決定。」

「哎，我們這些年輕人對橫濱車站有憧憬並不奇怪，就當是年少輕狂，睜一隻眼閉一隻眼嘛。」

情報部門的大隈被派來海峽最前線，是因為他是專門分析ＳｕｉｋａＮＥＴ的職員。名目上，他負責收集與分析在橫濱車站內部設施流通的情報，輔助戰略的擬定，但實際上幾乎沒取得過對戰略有用的情報。

在ＳｕｉｋａＮＥＴ能撈到的情報大多是站內居民的生活訊息，例如下關哪裡有便宜又好吃的河豚料理之類。至於透過結構遺傳界傳遞的橫濱車站本身的情報則一無斬獲。

他真正的「業績」其實是查出企圖逃亡的同僚，加以舉報。

位於狹窄海峽另一頭的站內，有些業者會替站外居民導入Ｓｕｉｋａ晶片藉以收取報酬。

然而九州無法取得站內通用貨幣，因此報酬必然是用以物易物的方式支付。不同於生活必需品會自動生成的站內，物資拮据的九州想湊到能交換五十萬毫圓的物品非常困難。少數的例外就是ＪＲ生產的電動泵浦槍。

因此，企圖逃亡的士兵前仆後繼，甚至有人打一開始就是為了這個目的才進ＪＲ福岡。

對於高舉保護居民不受橫濱車站侵襲旗幟的ＪＲ福岡而言，這是個絕不能放任的問題。不嚴格處理，恐怕會失去居民支持，造成公司瓦解。如同五十年瀨戶大橋遭到突破而民心潰散的ＪＲ四國一般，最後經一連串政變後消滅了。在那之後，四國一直處於無政府的混亂狀態。

因此，能精準地揪出逃兵的大隈，能力受到公司內部高度評價。

「不過，為什麼對人用的電動泵浦槍在橫濱車站內能高價賣出？站內不是嚴禁暴力行為嗎？」

「即使是無法動用的武器，也許有些人不保有就無法心安吧。如同古代的核武一般。」

利想，多麼不理性的傢伙們，他們究竟把科技當成什麼了？有生之年絕對不想跟那種人打交道。

這時，川上看了一眼桌上的平板終端機。

「這份充滿舊字體與算式的資料是什麼？」

「戰前的物理學書籍。從統合體的輸入層中以圖片狀態挖掘出來的。」

「喔，熊本那群人的工作嗎？上頭寫了什麼有用的資料嗎？」

「光是要理解內容就十分困難，似乎在討論作為結構遺傳界基礎理論的量子場傳遞法則。不過畢竟是人類寫的，技術部門應該早就知道這些理論了。」

說完，大隈瞥了利一眼。

「希望能找到對抗結構遺傳界的方法。無法解決這個根本問題，就不可能擺脫和無限增殖水泥的僵局。」

「的確。若能找出輸出層或隱藏層的資料，或許有機會吧，但無法解讀統合體的語言也只是白搭。」

「那個很難解讀嗎？」

「我們優秀的團隊正絞盡腦汁分析中。但坦白講，由浸在福馬林裡的外星人大腦中解讀出他的性癖好，恐怕還比較簡單一點。」

「但這是我們少數的希望之一，只能盡力了。」

「既然如此，怎不去向董事會多爭取一點預算呢？那群傢伙只懂得把錢花在火砲上，根本是一群笨蛋。和橫濱車站打物資戰絲毫沒有勝算。我們連喝茶都要自費咧。」

「當心你的發言。就算你很優秀也不許汙辱長官。」

就在此時，基地嗚嗚地響起警報聲。

「車站開始投射！座標為47、33、128。請負責該區段的士兵迅速集合。」

川上抓起披在椅子上的軍服。

「在呼叫了，我先走了。」

「ＯＫＯＫ，辛苦啦。」

即使在這兩人的對話期間，久保利依然動也不動地望著窗外，彷彿對眼前的兩人絲毫沒有興趣般。

展開於橫濱車站最西邊的關門海峽防衛戰，已持續了五十年的膠著狀態。為了對抗不斷試圖將聯絡道路延伸過來的橫濱車站，歷經多次的沿岸工程，把最初寬度不滿一公里的海峽擴張了三倍以上。對統治九州與週邊離島的ＪＲ福岡而言，如字面所示，是一場壯士斷腕的決鬥。

第一世代的防衛戰，是以集中砲火將宛如植物般生長過來的橫濱車站聯絡道路擊落之戰。橫濱車站的延伸速度要抵達對岸，最快也必須花上半天，只要集中砲火，有充分的時間將之擊落。

但經過幾十年後，橫濱車站開始改變戰略。它事先在站內完成足夠長度的聯絡道路，一口氣將之彈射出去。靠著這種方法，要抵達對岸連三十分鐘都不用。ＪＲ福岡緊急進行沿岸工程，擴張海峽以爭取時間，並加強火砲的機動性。現在已經達到不管車站從何處射出聯絡道路，都能在十分鐘後用火砲將之擊落的備戰態勢。然而，聯絡道路的射出速度也逐漸上升中。

幾年前起，車站又多了讓聯絡道路的前端自行爆炸，藉著散布的水泥碎片，使九州受到結構遺傳界感染的作戰方式。由於橫濱車站這種神風特攻式的作戰，使得過去皆是單方面攻擊者的ＪＲ福岡也開始出現傷亡。這次的逃兵騷動，便是這種背景下的士氣低落所帶來的影響。

這種作戰不是由站內居民或電腦所擬定，技術部門推測單純是結構遺傳界產生突變所造成的。橫濱車站具有保留能幫助自身成長的基因的演算法。

「靠這招應該還能再戰二十年。」

開發抗結構遺傳界聚合物的科學部門負責人自信滿滿地說。用這種聚合物包覆沿岸，便能大幅減低結構遺傳界的感染機率。一旦生產線建立，也將運用在與四國通航的運輸船上。

幾十年改良一次戰術，這對人類而言，可說是難以理解的神話規模時間。也許我們正在進行著將來會被寫入神話的戰爭吧，川上這麼想，獨自咯咯笑了。

◆

川上關上門離開房間後，房內只剩大隈和利兩人。

一面聽著來自海峽防衛線的砲擊聲，大隈到流理台清洗茶杯。不久，窗外傳來「嗶」尖銳高頻聲。橫濱車站的聯絡道路攻擊開始了。

「你知道車站活動規模會隨著星期幾而有所不同嗎？」

「不。」

「只有星期日和星期一特別吵鬧。你知道為什麼嗎？」

利什麼也沒回答。

「恐怕是文明時代作為大眾運輸系統的影響。結構遺傳界保留了這種基因。不過，重點在於並非星期六、日，而是星期日、一。兩百年來的膨脹似乎使得週期規律產生了偏差。」

利依然緊閉著嘴。與其說他對這個主題沒有興趣，不如說他根本不認為有回應的必要性。大隈在新進人員研修時期就明白他是這樣的人，因此不甚在意。

將洗好的茶杯倒掛在掛架後，大隈回到椅子，久保利仍站著看窗外景色。遠方前線的軍事部門士兵的砲擊冒出濃濃黑煙。

「來說個假設吧。」

大隈重新坐上椅子。

「利，如果你用槍作為交換，獲得Ｓｕｉｋａ帳號的話，想在站內做什麼？」

「我從來沒想過要安裝Ｓｕｉｋａ。」

「這只是個假設。」

「好吧，既然是假設，如果我取得能交換Ｓｕｉｋａ安裝的槍械，我會帶著去四國。」

聽到這句話，大隈嘴巴扭曲，擠眉弄眼地裝出怪表情。

「幸好我現在嘴裡沒喝茶，否則就噴出來了。」

「大隈先生……」利說到這裡，停頓一拍，重新開口：

「這只是假設，假如『有個人物』一方面逮捕軍事部門的逃兵，另一方面卻想支援技術部門的員工逃走，那個人究竟想做什麼？」

「這個問題很好。」

大隈回答。

「恐怕那名『假設人物』只是想解決眼前的問題吧。如果身為九州守護者的ＪＲ福岡有員工流亡到站內，那是挑戰統治者權威的大問題。然而，看別人如何穿過滴水不漏的保全系統偷出槍枝，卻又是個饒富興味的小問題。」

說完，拿起兩塊切好的長崎蛋糕。

「利，享受人生的祕訣就是充分攝取糖分，充分用腦。讓輸入和輸出維持相同流量，才是健全的新陳代謝。」

遠處再度響起「嗶——」高頻噪音。

「吵死了。」

大隈拉上窗簾。那是具有優異遮光性、隔音性的聚合物窗簾，房間瞬間變得昏暗，但利仍繼續望向窗戶。

「車站似乎開始使用神風式攻擊了。那種噪音實在很刺耳。明明沒有炸藥成分，真想不通到底是靠什麼原理產生爆炸。技術部門有分析出什麼嗎？」

「不，我只是武器開發人員。」

「原來如此，如果能進站內，應該能獲得更多一點資訊吧。」

「這只是假設，如果是大隈先生，想隻身潛入站內應該易如反掌吧？」

「嗯。川上也這麼說。他說有我這身技術，在站內應該也能混得不錯。一定有Suika業者肯當我保證人。雖然那些話大多是心情不好時的嘲諷。」

接著，大隈彷彿要威脅般地昂起頭。比起矮小的利，眼睛位置高了十公分左右。

「但是，就算是玩笑也別這麼說。我好歹也是站在身負責任的立場。」

「責任啊……」

利微微歪頭，似乎頗不以為然。

「沒錯。現在九州居民之中能準備Ｓｕｉｋａ安裝費的人不足百分之一。為了州民，防止車站侵蝕乃是本公司的使命。為此，我十年來賣力工作，領州民稅金作為薪水。這樣你懂了嗎？久保利。」

「假如橫濱車站侵蝕九州，雖然會使九州居民減少，卻能使站內的人口增加。整體而言，有更多人能過好日子。」

「原來如此，邊沁（Jeremy Bentham）的幸福最大化嗎。好吧，別討論這個問題了，在倫理上有很多麻煩。」

聽到大隈這麼說，一直看著窗外的利這時看了他一眼，眼神流露出「為何如此顯而易見的道理你不明白？」的不屑態度。

大隈本想回敬他「如果任何人都能像你那樣把事情簡化，這個世界就很輕鬆了」這句話，但覺得沒什麼意義便沒說出口。

「真遺憾，利，我原本把你當成親弟弟。」

「我也把大隈先生當成兄長。」

「什麼意思？」

「意思是血緣並沒有意義。」

「我想也是。」

說完，大隈整個人向後仰，深深靠在椅背上。

「嗶——」又傳來刺耳噪音。今天的聯絡道路射出攻擊似乎特別猛烈。

兩天後，久保利出現在大分軍港，手上握著一把N700系電動泵浦槍。在矮個子的他手中，長槍顯得更為巨大。ID標籤已去除。熟知內部構造的他，要不損及功能將標籤拆下並非難事。

自從JR消滅以來，四國陷入無政府的混亂狀態。JR福岡定期派出船隻接收來自四國的難民。擔任難民收容窗口的，就是這個大分軍港。

由於是軍港，禁止一般人進入。有刺鐵絲柵欄外側有民眾拉起抗議布條。

「反對接收難民」

「四國人滾回去」

「總公司應保障本地居民生活」

在九州，單寫個「總公司」通常是指本地統治者JR福岡的博多總公司。

比起有源源不絕物資供應的站內，九州地區的生活水準低了好幾級。長年征戰的海峽防衛戰亦是原因之一。為了對抗無限增長的橫濱車站，不斷消耗有限物資，九州居民的生活漸趨疲弊困頓。這種狀況下，不少居民對於接納四國難民感到不滿。

見到身穿軍服的利現身，抗議群眾顯露既像瞪視也像懇求的難以言喻表情。利毫不在乎地直接走向軍港閘門，對事務人員說：「我叫久保利。聽說貴單位人手不足，總公司派我前來支援。我會一起搭上明日出發的難民船，我自己有攜帶武器。」

事務人員一臉厭煩地敲終端機鍵盤查詢後，說：「沒收到這種通知耶。」

「車站又開始射出攻擊了，所以命令系統有點混亂吧。這是我的派遣令與員工證。」

利說完，將派遣令遞出。雖然是用影印機製作的粗糙偽造品，事務員只看一眼，說「你自己去向三樓的局長說明」就放行了。利前往三樓，說了同一番話後，滿頭白髮的局長抽著紙卷菸，立刻吩咐祕書官去印製明天難民船的相關命令。

上個月四國難民和抗議民眾產生衝突，有人受傷了。只要不是身分不明的可疑人士，護衛當然是多多益善。況且利的員工證也是無可挑剔的真貨。

想說先去看看明天要搭的船隻，利前往碼頭。但船隻被分解成數大塊，用粗繩繫在海上漂浮。乍看很像某種奇特的捕魚方法。

「這是在做什麼？」

利問一旁的軍港技術職員。皮膚黝黑的中年技術職員見到利攜帶的長槍，判斷他是總公司軍事部門的員工，用敬語回答：「為了使結構遺傳界逸散。依照規定，來自四國的船隻必須浸泡在海水中三天才行。」

「只要泡在海水裡就能逸散嗎？」

「結構遺傳界無法在含有電解質的液體中傳播，因此橫濱車站無法將範圍擴張到海中。」

「那為什麼要分解船隻？」

「為了增加接觸海水的表面積，促進逸散。此外，體積愈小，結構遺傳界也愈難維持。雖然技術上的詳情我也不清楚。」

「每次往返都要像這樣拆開嗎？太沒效率了。結構遺傳界還沒滲透得那麼廣吧？」利說。根據總公司的情報，橫濱車站目前只在瀨戶大橋橋頭所在的香川北部展開。就算結構遺傳界已遍布四國，應該也滲透不到愛媛西邊的宇和島。

「沒辦法，不做絕一點居民沒辦法接受。所以船隻已經全部模組化，只需半天就能組合完成。」

利想，真是作秀，為了安撫民心，淨做這些技術上沒必要的事。當然，站在九州居民的觀點，此舉也有故意拖延接納難民效率的用意。

根據ＪＲ福岡技術部門的研究，結構遺傳界是橫濱車站結構的資訊載體，是一種能在固體傳遞資訊的量子狀態。在金屬中的傳播速度特別快，初期的車站擴張大多沿著鐵軌，就是源自這種性質。

不過，實際上只要是均一的固體，例如水泥或塑膠，都很容易傳染。而且固體愈大，就愈容易維持感染狀態。

因此，儘管受到四國方面的強烈要求，九州這邊只會派出幾艘小型船，而且每次都會在軍港進行拆解作業，接納難民的效率可說奇差無比。

但這種少量接納難民的政策還是能有效地排解四國居民的不安。倘若完全拒絕，反而會激起四國居民大舉非法入侵的危險性。為了防止悲劇，ＪＲ福岡持續開放接納難民的窗口。

在軍港宿舍住了一晚，隔天早上難民船已經組好，恢復成完整船隻。利不禁聯想起會自然生長的車站結構。

「本船即將前往宇和島方面，請乘員留在崗位上待命。」

船內響起廣播。雖不知自己的崗位在哪，總之先找個地方待命吧。幾名護衛兵看了利一眼，繼續默默地待命。軍港人力慢性不足，突然有新人被派來只是稀鬆平常的事。

兩小時後，船隻抵達四國。大批難民在港口等候。這時仍是春季，夜晚稍有寒意，有許多孩子或老人卻只穿了一件襯衫。四國長期處於混亂和貧困狀態，他們多半是為了躲避武裝集團，一路苟延殘喘地逃到四國西端的這個小島吧。

難民們接受行李檢查時，為防發生暴動，利持槍在一旁維持治安。這是他身為ＪＲ福岡員工的最後工作。

許多員工想安裝Ｓｕｉｋａ，跨越關門海峽，逃入站內。沒人想到竟有人會異想天開來四國。因此要逃到四國可說輕而易舉。

在準備回航的難民船出港前，利的身影已消失在黑夜之中。

◆

視野的左側是一望無際的海洋。

四國的梅雨季比關東地方早十天結束，夏天到來了。夏季的瀨戶內海天氣一直很好，視野清澈，但畢竟無法看到在對岸中國地方展開的橫濱車站。偶爾能見的陸地是瀨戶內海上青蔥翠綠的離島。

這些離島和本州間沒有陸路相連，即使橫濱車站將來會覆蓋整個四國，也能繼續保留自然地貌。或許會成為無法獲得Ｓｕｉｋａ的人安身立命之地吧。

久保利騎著小型電動機車沿著瀨戶內海往東進。從他混進難民船來到四國，迄今已過兩個月了。

電動機車的速度計顯示最大時速九十公里，但在非柏油路面上頂多只能達到三十公里。超過這個速度，強烈的震動足以讓人腸扭轉，能源效率也差。

四周幾乎不見人工物，偶爾出現的嚴重鏽蝕的道路護欄與無法判別內容的道路標誌，說明這裡曾經是被稱為國道十一號的幹道與被稱為四國中央的都會。既然號稱中央，想必是規模相當大的都市，然而四周早已見不到能讓人遙想當年繁華的景物。

能在來四國的第一個月就獲得機車實在很幸運。他原本已經有心理準備徒步走到德島。

要將一公尺長的電動泵浦槍帶在車上並不容易。雖然分解攜帶比較輕鬆，但在這個不知何時會遭到襲擊的土地上，讓武器隨時保持能擊發的狀態很重要。

因此利只好把槍綁在後方的貨架上。如此一來，最糟的情況下好歹能直接發射，也能達到威嚇目的。雖然會增加機車寬度，要穿過狹窄處時很麻煩，幸好目前也沒什麼機會走窄路，也不會碰上對向來車。

利行駛在高台上的道路，萬里無雲的天空與海洋美麗異常。不管地面發生什麼事，海天永遠維持同樣色彩。

在高低起伏的「國道十一號」上持續騎了一段時間後，感覺拍打在臉上的空氣力道逐漸變弱。

「啊，該死，今天到此為止了嗎。」

利喃喃自語。電池殘量已幾乎見底。

這輛機車的電力由貨架上的兩片太陽能電池板供應。但兩片太陽能板都因老舊而嚴重劣化，必須充上好幾天，才勉強能行駛一天。梅雨時期更是緩慢。

天色逐漸變暗，儀表板上的時間顯示下午三點。入手這輛機車的一個月來，利從沒看過指針指向下午三點以外的時刻。

這時，不經意地發現道路旁放著「前有店家」的木製看板，利將龍頭往左切。方向燈已經壞了，反正也沒有必要性。

所謂的「店家」是一間面向瀨戶內海的簡陋木屋。在這間連能否遮風避雨都很可疑的詭異陰暗木造建築中，有個中年男性老闆。

「歡迎光臨，本店禁止攜帶槍械進入喔。」

老闆說。利讓機車上的槍口朝外，橫向停在店門口。

「看你這身打扮似乎是ＪＲ員工，穿長袖不熱嗎？」

利沒回答問題，掃視店內。地上直接雜亂地擺著裝有調理器具、鞋子、工具等物品的塑膠箱。商品沒標價格。由簡陋外觀難以想像到店內有許多新貨。也許附近有生產工廠。

「我想要太陽能板。盡量新一點、大一點的。」

聽完，老闆開始在木箱中搜找，取出幾片邊長二十公分的方形太陽能面板。利拿起一片進行確認，幾乎是新品。難以相信這間破店竟能拿到這麼好的東西。

「收JR圓嗎？」

說完，利從口袋中取出紙鈔。JR圓是日本政府消滅後開始流通的貨幣。過去是四國和九州的共同貨幣。

「好久沒看到那個了，不好意思，現在只是紙屑。」

「接受以物易物嗎？我有乾糧。」

「食物定期能從對岸撿到，沒什麼價值。」

「對岸？」

「採集地點無可奉告。」

說完，老闆指著海岸旁的小艇。看來是搭乘那個到對岸撿拾站內產出的物品。

「對岸也會長出太陽能板嗎？」

「會喔。那裡照不到太陽，所以大家都直接丟掉。」

利想，既然如此，為何又要生成？利聽說橫濱車站的結構遺傳界基本上會複製吸收到的物質，也許冬季戰爭時代的本州遍地是太陽能板吧。

「不然你肯交換什麼？」

「有抗生素嗎？」

「沒有。」

「那有機械零件或工具嗎？」

「有一些。」

利翻開機車座墊，從底下的置物箱中取出機械零件。那是他在四國旅行時，從各地棄置的故障機械中撿來的。雖然機械壞了，部分零件仍能使用，再怎麼不堪也能當作電動泵浦槍的子彈，所以有機會就會收集。

「那些的話，總共能換四片。」

「全部太多了，我能只換兩片就好嗎？」

「可以啊。」

利隨便挑選一半的機械零件交給老闆，將收到的太陽能板裝上機車，接好電線。在西斜的夕陽照射下，電池殘量逐漸回升。

離開店家，為了維持所剩不多的電力，利盡可能朝太陽的反方向前進，不久，在離道路有點距離處見到一棟老舊水泥建築。

牆壁上爬滿藤蔓，底下勉強能看到以縱長字體寫著「尺」字。

「啊，這該不會是……」

利用長槍槍管撥開覆蓋的藤蔓。寫著「尺」的面板旁出現了同樣細長的「馬」。換句話說，這是個「駅」字（註1）。左側還有幾片面板，但已剝落，難以判讀，無法知道是什麼車站。

「原來是JR統合知性體的單元。沒想到四國還留著。仍保有建築的形式很難得。」

利喃喃地說。利想，單獨旅行久了，沒想到自言自語也多了起來。在員工宿舍四人房住久了沒注意過，原來自己在沒有其他人時挺多話的。

騎著機車繞了車站一圈，完全沒看到鐵軌。恐怕在棄置的這一百年間，能當作資源的金屬都被帶走了吧。連一根枕木也見不到。

長期持續無政府狀態，四國的基礎建設嚴重荒廢，外翻的柏油路面掩沒在泥土與雜

註1　日文中「駅」為車站之意。

草之中。除了散落各地的建築物以外，能稱為人造物的東西只有偶爾見到夾雜在樹木間的灰色電線桿。

但是這樣反而有效減緩橫濱車站的增殖速度。比起均一的金屬或柏油，車站結構在自然地貌上的增殖速度相當緩慢。瀨戶大橋早在一百多年前就被突破，到現在卻仍只有香川出現車站結構。

根據ＪＲ福岡所掌握的情報，橫濱車站經由瀨戶大橋登陸香川後，已經在吉野川北岸廣泛形成車站結構。關於經由淡路島的路徑，由於島上沒有鐵路，因此侵蝕很緩慢。至於經由瀨戶內島波海道這條路徑，基本上橫濱車站最近才剛抵達廣島，要抵達今治市恐怕還很早。

室內長滿蜘蛛網，似乎長期沒人進入過。利在裡頭繞了一圈，供電系統似乎全部被搬走，想讓機車快速充電的希望落空了。

並不意外。如果還有電力系統，這裡早就有人住了。總之，現在能找到遮風避雨的房子就很謝天謝地了。

利將機車牽進室內，從座墊底下的置物箱中取出容量一公升的金屬瓶，喝了一口裡頭的白濁色液體。

這是觸媒式纖維素分解瓶，只要從自然界中撿拾草木加水加熱後放入瓶中，就能分解成葡萄糖。這是戰爭時期為了當作遠征時的緊急口而糧開發的。若非飢餓狀態，恐怕會因有股腥臭味而難以下嚥，不過利一向不重視食物的口味。他認為味覺是進化過程中的一種失敗。

分隔室內房間的玻璃上似乎寫著什麼，但字體老舊，剝落嚴重，難以判別。八成是寫著「綠色窗口」及「候車室」吧。利走入寫著「綠色窗口」那邊。裡頭到處是散落的瓦礫，天花板也已剝落，但至少不會半夜被雨滴吵醒。利滿意地從機車上取出折疊式睡袋，簡單用腳將瓦礫撥開，將墊子鋪在地上入眠。

一陣沙沙聲吵醒了利。

是有人踏著雜草接近車站的聲音。而且不只一個，似乎有四、五個。利不出聲地站起，走到窗口旁。一群男人走進車站，觸摸停在候車室座椅旁的機車，似乎想發動馬達。

利從寫著「綠色窗口」的窗戶縫隙中開槍，細針迸射而出，貫穿觸摸機車的手。

「嗚哇！」

一聲低沉慘叫，手臂反射性地顫了一下。當作子彈的針是在海岸撿到的，應該是捕魚針，幾乎無殺傷力。

「別碰那輛機車，那可是貴重品。」

聽到利的警告，圍繞在機車旁的男人們一起望向他。

「有幾個？四個？不知子彈夠不夠。」

說完，將撿到的小鋼珠裝進槍裡。他使用的武器不是從JR福岡「借」來的長槍「櫻花」，而是他隨身攜帶的私有短槍「瑞穗」。一公尺長的N700系長槍在狹窄處不便使用，利考慮到可能會有室內戰所以帶來了。

砰、砰，發出兩聲有氣無力的聲響，兩發小鋼珠打中兩名男人的右手。「咕哇」「唔欸」慘叫接連響起，兩人手中的鐵管掉在地上。

只要是金屬都能當成電動泵浦槍的子彈，但若想提高準度，子彈最好是球狀。螺栓等不規則形狀的物體受到空氣阻力時，軌道會變得難以預測，特別是用短槍時很不適合。

「我網開一面只打你們的手，是為了給你們機會。快逃吧，你們死在這裡只會增加我的麻煩。」利說。

已是深夜，朦朧的月光隱約灑在月台上。四名男子低聲交談，轉身拔腿逃離車站。

利撿起男人掉落的鐵管，確認機車，發現剛裝上的兩片太陽能板之中有一片被拔掉了。他用螺絲固定住，卻被刀子割下，只剩尖銳的一角。利想，真是浪費的傢伙們。

隔天早上，利在太陽升起的瞬間醒來，騎上電池殘量不多的機車，前往昨晚的商店。

海岸邊的簡陋小屋內的商品已被搜刮一空，只剩被毆打致死的老闆的冰冷屍體躺在地上。

「唉，大叔死了啊。」

利說。商品全被搬走了，老闆的衣服也被扒光。應該是昨晚那四個人幹的好事吧。他們沿著利的胎痕追蹤而來。

「早知道就買四片，真可惜。」

利靠在小屋牆壁上啃乾糧，看著旭日緩緩升起。昨晚發現的那座統合知性體單元，不知ＪＲ福岡的情報部門是否也掌握到了。向大隈報告的話，他應該會很高興吧。利茫然地想著這些。

◆

「河的對岸就是橫濱車站，去那裡愛充多少就有多少。」村子的老婆婆說。

「沒有安裝Ｓｕｉｋａ，也能用橫濱車站的電嗎？」

「到處都有電力供應點，而且愈生愈多。不過，容易充電或排出食物的地點已經被凶徒們佔據了。」

「那倒不是問題。」利看了一眼車上的長槍說。

離開JR統合知性體單元後又走了好幾天，利抵達吉野川南岸的小村落。村子建在一座山丘上，用樹木築成圍牆，入口處有幾名手持電動泵浦槍的男人，警備十分森嚴。

雖說如此，他們的長槍比利所擁有的最新型老舊得多，槍管沉重，功率低，精度也差。

利想借用村子裡的供電設備，但被直接拒絕了。村子利用河川進行水力發電，村民聲稱光供應整座村子已很吃緊，沒有多餘的一瓦能提供陌生人使用。

再過五年或十年，這座村子肯定會被南下的橫濱車站埋沒吧。幾百名村民沒人有能力能導入Suika。就算有，也早就拋下這塊治安惡劣的土地，渡河進入站內展開新人生了。

明明再維持也沒幾年，這些人為何如此拚命地守護村子？

靠著僅餘的一片太陽光板作為動力，似乎也來到極限了，很想找個大型供電設施把電池充得滿滿的。只要連預備電源也充滿，接下來就只要照著軍用地圖上標示的常設供電點移動即可，能省去很多麻煩。

「這附近有橋能渡過吉野川嗎？」

「附近沒有半座橋能承載你的機車。吊橋的話倒是有幾座。」

「真傷腦筋。」

利考慮用渡船載著機車過去，但要找到能運載機車的渡船並不容易。來此前有看過幾次渡船，都是只能載送幾個人的小艇。

「除車站外，沒別的供電所嗎？」

「有是有，別去比較好。」老婆婆露出苦瓜臉說。

「怎麼了？」

「那裡有鬼喔。」老婆婆低著頭，壓低聲音說。

「那反而更想去見識見識。」

「你是鬼怪迷？」

「不，我沒見過鬼，但說不定比人類更討喜。」

於是，老婆婆不甚情願地告知場所。

供電所位於村落南方十二公里處。吉野川南岸是險峻的四國山地，有一處小型無人供電所在此，聽說有少女幽靈出沒。據傳她是一家冬季戰爭時罹難的可憐女孩。見過鬼的每個村民都異口同聲地說女孩沒有下半身，只要有人進入設施，便會以為是父母回來，立刻用僅餘的上半身飛也似地追過來。

冬季戰爭兩百年前就結束了，算是個相當老資格的鬼吧。利想，搞不好是和太宰府菅原道真同等級的鬼。

騎上機車，沿著老婆婆指示的道路上山，在蟬聲震天價響的坡道上前進。樹蔭蔽日，電池殘量明顯減少，好不容易總算來到用白色油漆潦草寫著「供電所」的看板前。利一向覺得疑惑，這類木製看板究竟都是什麼人放的？

供電所是一座貨櫃式的地熱井。用卡車運載到有地熱的地點，將金屬棒插入地面進行發電。冬季戰爭時期，大規模的發電廠被接連被破壞，所以這類自產自銷型小型發電機愈來愈普及。九州除了ＪＲ經營的大型質量爐以外，各村子裡通常會有一兩座這種水利式或地熱式便攜式發電機。

利想先替機車充電再說，便推開貨櫃的沉重鐵門。

「有人在嗎？」

貨櫃內烏漆抹黑。天花板上有電燈，但沒開。設備上的指示燈不停閃動，也聽到驅動聲，可見不是沒電。有人故意關掉電燈。

貨櫃最深處，有一條蠢動的人影。

以人類而言，那條人影未免過於嬌小。頭差不多與椅面齊高，看似被攔腰斬斷，只剩上半身直接置放在地上，一張少女的臉瞪著利。看起來也與美術館的半身像相似。

「還真的有鬼。我以為鬼都飄在半空中。」

說完，利舉起長槍「櫻花」對準少女。

「別動。啊，在那之前有件事想確認一下，子彈對妳有用嗎？」

「沒用。」

少女回答。以鬼而言未免太清晰。聲音聽起來和一般小孩沒兩樣，但有種說不出來的不協調感。或許是因為貨櫃裡的回音吧。

「為什麼？」

「你開槍試試便知。」

「好吧。」

說完的瞬間，利對少女扣下電動泵浦槍「櫻花」的扳機。「砰」槍聲響徹發電所，加速到時速三百公里的硬幣對著少女破風而去。

少女用手抓住子彈。鏗，清脆的金屬聲響起。

「這是一圓硬幣？沒想到日本政府的貨幣還留到現在。」

少女看了手心說。她的手握著扭曲的鋁合金圓盤。

「我是第一次看到鬼，原來鬼能徒手擋子彈啊，和我想像的差很多。」

逐漸熟悉貨櫃內的黑暗，利總算清楚看見少女的臉。由外貌看來似乎是六、七歲的少女。

「我也是第一次看到說試試便知就真的開槍的人。」

利這時總算發現不協調感的來源。聲音和嘴巴的動作微妙地不搭。和腹語術的人偶一樣有不同步感。

「原來如此，既然我是第一個，就再讓我射一發吧。」

利將電動泵浦槍的功率從「低」調到「中」。

「可以是可以，但如果你真的出手，我也不會客氣了。」

「我想看看鬼是怎麼攻擊的。」

說完，利扣下扳機。子彈發射的前一瞬間，少女用雙手朝地板猛力一推。「鏗」地一聲，整個貨櫃震盪。只有上半身的少女浮上半空，朝利直撲而去，抓住長槍槍管，用握把打擊利的下巴。

「嗚咕！」

利發出愚蠢的慘叫，向後跌出貨櫃外。後腦勺猛然著地瞬間，只有上半身的少女再次撲了過來，將利的雙手牢牢擒住。明明只有上半身，超乎想像地沉重。利吐出一口摻血的短氣。

他想取出腰上的短槍「瑞穗」，但被少女擒住的手動彈不得。彷彿被工作檯的夾具夾住的感覺。

近距離一看，從少女上半身的斷面中沒有露出內臟，反而見到許多電線或端子。

「真驚人，最近的鬼是機械式的啊？」

說完，覺得滿口鐵鏽味。少女聽到這句話，露出苦悶表情，說：

「雖然這完全是正當防衛，但我不怎麼喜歡殺人，只要你把武器留下，我可以放你一條生路。」

「為什麼？」

「什麼為什麼？」

「為什麼不殺我？妳遵守機械人三定律？」

「不是定律，想殺就能殺。」

說完，少女將擒住利的力道增強。彷彿被虎鉗夾住一般，壓力照一定速率逐漸增加。明顯是和人類肌肉不同類型的力量。

「慢著慢著，我投降。我也不想被殺。我只是來替機車充電的。」

少女這時注意到停在貨櫃外的電動機車。

「只是來充電，為何要對我開槍？」

「因為我聽說有鬼，所以先開槍再說。」

「我不是鬼。」

「我已經明白了，我不攻擊機械。」

「你的標準真奇怪。」

「我不知道對鬼開槍會有什麼結果，所以試試看。但對機械開槍只會造成損壞，很浪費。」

「你是個怪人。」

少女此時總算鬆開手，一手抓住利的長槍，用另一隻手靈巧地把身體推回貨櫃裡。利覺得血液流回雙臂，指尖莫名灼熱。

「妳為什麼沒有腳？原本就設計成如此？上頭的大人物們沒向妳的設計者抗議嗎？」

利調整呼吸，爬起身來，重新轉頭面向少女說。

「腳在這裡。」

機械少女說完，用雙手靈巧地爬上貨櫃的發電設備，拖出藏在上頭的腳部。在金屬骨骼上布滿粗管線和看似塑膠的零件。一邊的膝蓋斷裂，似乎是被強大力量扯斷的。

「原來如此，因為腳壞了才會躲在這裡。」

機械少女微微點頭。

「這裡恰好有供電所。反正腳動彈不得，乾脆拆下來比較好活動，也不需消費多餘的電力。」

「真不錯。」

說完，利仔細打量少女。只靠上半身敏捷活動的模樣明顯不像個人，但如果靜靜地置放在地上，與一般小女孩幾乎沒有差別。勉強要說的話，大概就沒有人類自然的晃動有點奇怪吧。

「腳能借我看看嗎？我對妳的腳具有何種結構有點興趣。」

「你懂機械？」

「資歷上可以這麼說。喏。」

說完，利取出員工證，證件寫著「ＪＲ福岡　技術部門第四課　久保利」。

「你是ＪＲ福岡的員工？」

「已經離職了。我叫久保利。」

說完，利突然想到，這似乎是自己來到四國後第一次自我介紹。

「我叫海昆黛麗琪。」

「奇怪的名字。妳從哪來的？」

少女沒回答。

「原來是北海道。從那麼遠的地方來啊。」

「為什麼知道？」

「這裡有寫。」

利指著少女的腳說。關節零件上刻著小小的ＪＲ北日本狐狸標誌。

「你們北方人都在發展妳這種武器嗎？對人戰是很強，可是在與橫濱車站的戰爭中派不上用場吧？」

「我不是武器，我的任務是潛入站內，進行諜報工作。」

「諜報工作？」

「收集資料，或是奪取Ｓｕｉｋａ ＮＥＴ節點，諸如此類。」

「喔。」

這時利想起大隈曾說北方的傢伙們很擅長網路。

他還說以他所擁有的技術，頂多能侵入關門海峽另一側的下關至岩國附近的網路。

看來實際派個諜報員，比用電波跨海奪取節點更輕鬆得多。

聽說Ｓｕｉｋａ ＮＥＴ概念上類似戰爭時期的領土，能進行壓制或取得。橫濱車站的東日本方面，掌握最多的節點的是ＪＲ北日本。而在西邊，逐步擴大勢力範圍的則是名為菸管同盟的神祕組織。但後者已在四年前消滅，之後再也沒有消息。只知他們以關西為據點進行活動，詳細情況並不清楚。

「妳不是用馬達驅動的嗎？這個塑膠是什麼？人造肌肉？看起來似乎有幾束受損硬化了。」

利觀察腳部說。

「能修理嗎？」

海昆黛麗琪面無表情，但聲調隱約拉高。

「手邊沒有材料，沒辦法完全修復，做點應急處理倒是沒問題。如果我幫妳修理，對妳開槍的事能一筆勾銷嗎？」

少女沒說話。

「算了，其實都一樣。」

◆

「妳原本躲在這裡打算怎麼做？」

利邊分解海昆黛麗琪的腳部零件邊問。右腳的人造肌肉有幾條因受損而變硬，拆掉應該能改善。左右做了同步系統，因此右邊受傷，左邊也會動不了。利想，這種設計實在不算高明。

「為了確保電力和自身安全。順便調查是否有修理的方法。」

「調查？怎麼調查？」

海昆黛麗琪指著自己的後腦說：

「我的輔助記憶體中有收錄關於軀體規格的資訊。」

「原來如此。換句話說，妳雖然記得這些知識，卻對它們並不理解。」

「你真清楚。我一開始連自己都無法好好說明。」

「我好歹也是個技術人員。」

說完，利繼續作業。人造肌肉週邊有許多控制裝置，能預載程式，如果是單純的動作，無須經過腦部運算就能直接做出。剛才擋下子彈的反射神經便是運用了這種結構。只要能正常活動，應該大部分攻擊都能閃避。

「妳是怎麼受傷的？」

「我遭到襲擊。人數眾多，無法完全迴避。」

「妳這雙腳能跑得比我的機車更快吧？怎麼可能逃不掉呢？」

「我在這裡南邊的村莊受到襲擊，因為小孩太多了。」

「小孩多又怎樣？」

「……就算說明你也不懂吧。」

「是嗎，那就算了。」

說完，利繼續作業，同時想像著海昆黛麗琪和村中其他孩童相處的模樣。接著又想像有武裝集團襲擊的情形。但左思右想，還是想不出有半點逃不掉的理由。

「JR福岡有很多人和你一樣嗎？」

「該怎麼說，至少沒有妳這種人。我們都是有機生命體。」

這時利發現已看不清手邊，瞥了一眼天窗，夜晚降臨了。

「好暗，這裡有電燈嗎？」

「等等。」

說完，海昆黛麗琪只靠雙手靈巧地爬上發電裝置，按下電燈開關。貨櫃天花板的LED燈亮起。也許早已超過使用年限，燈光十分昏暗。

「既然妳是機械人，不能從眼睛發出燈光嗎？」

「沒那個需要。我連紅外線也看得見。」

「真不錯，很合邏輯。」

利發現她身旁有個類似小型手電筒的筒狀物，接著上下（只有幾十公分高）打量她。

「為什麼妳被製造成小孩的模樣？」

「這樣才適合潛入站內。」

「為什麼？」

「你應該知道六歲以下的孩子不必接受Ｓｕｉｋａ認證吧？」

「我有聽說過。據說如果生小孩，得在孩子六歲以前準備一筆保證金。」

「嗯。所以如果將外觀作成小孩的話，某種程度能避開自動驗票機的排除系統，雖然還不夠完善。聽說車站的免疫機構是以外型為基礎來進行檢查。」

「原來如此，還以為是設計者個人的癖好呢。」

聽他這麼說，海昆黛麗琪面露不愉快的表情。

「ＪＲ福岡不研究這些嗎？」

「嗯。我們的長官只對武器有興趣。」

利拉動海昆黛麗琪的腳部人造肌肉，心想，關於機械技術還是我們更勝一籌啊。北海道的機械在設計上缺乏效率，所以用高價的材質來彌補。但這樣一來，製造單價提升，也不容易維護。會有這種差異，恐怕是來自雙方面對的情況不同吧。

九州防衛線是狹隘的海峽，ＪＲ福岡的主要戰術是以結構力學的方式，宏觀地破壞車站射出的聯絡通道。

但分隔北海道和橫濱車站的是遠比關門海峽寬廣許多的津輕海峽。基本上不必擔心通道射出戰術。和九州方面最大的不同是，連接本州和北海道的青函隧道已遭結構遺傳界滲透，變得無法破壞。因此必須採取更材料科學的、更微觀的方式來對抗。換句話說，必須直接對抗結構遺傳界的性質才行。

或許就是在這種基本思想上的差異，才造就如此不實際的機械設計吧。

「只要外型是人，即便裡頭是機械也不會被看穿嗎？看來我們也該來模仿一下。」

「我想很難。」

「說得也是。製造兩腳步行機械人很簡單，但像妳這種與人類幾乎沒有差別的頭腦應該做不出來。雖然也沒這個必要。」

海昆黛麗琪又變得不開心。明明缺乏表情，難以判斷內心想法，只有這張不開心的臉特別明顯。

「對了，關於妳的腳……」

利讓她看自己的右腳。長約五十公分，只比利的下臂略長一點。用了沒看過的金屬，也許是北海道的特產品。

「靠人造肌肉來使相當於骨骼的金屬支架彎曲。骨骼與肌肉纖維的數量也和人類完全相同。」

「那又如何？」

「為什麼要如此徹底地模仿人類？」

「我剛剛不是說了？模仿人類是為了躲過自動驗票機的檢查。」

「但材料畢竟不同吧？在結構上模仿有意義嗎？比起人造肌肉，關節採用以馬達驅動的促動器更有效率吧？自動驗票機也採用這種結構。尤其要像妳那樣敏捷地活動的話，更應該如此。使用人造肌肉免不了會有延遲，也容易在劇烈活動中造成磨耗。」

說完，利取下右腳故障的四條肌肉纖維，從左腳抽出兩條，移植到右腳上。這樣雖然整體行動力會減低，但至少能走路。

「彷彿模仿人類這點才是真正目的一般，妳的設計者到底在想什麼？」

海昆黛麗琪一時沉默後，回答：「我不知道。我對機械不太懂。」

利盯著她的臉幾秒，接著暫停修理作業，掩起嘴巴「咕咕……」發出奇妙聲音。那個聲音持續了幾十秒。

「有什麼好笑的？」

海昆黛麗琪總算發現他是在強忍笑意。

「哈……哈……」

利好不容易恢復，邊調整呼吸說。

「這是我有生以來聽過最好笑的笑話了。」

「你的人生肯定很無趣。」

「很難說。我只活過一次，無從比較。」

利呼吸急促地說。然後似乎又想起剛才的對話，又開始「咕咕」起來。

「我自開始出任務迄今兩年，第一次覺得人類很討厭。」

「真的嗎？我出生迄今二十四年，反而是第一次對人形的事物產生興趣哩。」

利讓機械腳彎曲伸長，持續調整肌肉張力。剛裝上的纖維彈力過高，利調整腳踝的螺栓，減低張力。

夜漸深，蟬聲仍唧唧作響。利實在不明白，蟬這種生物為何總是一齊鳴唱，一齊停止？

◆

「大致完成了，妳試看看能否正常運作。」

利將兩條腿交還給海昆黛麗琪。東方漸白，經過徹夜作業，利已昏昏欲睡。

「妳是怎麼把腿裝上的？」

「我自己來就好。」

「能讓我看看嗎？」

「先去睡吧。」

「也是。真的累慘了。」

利窩進貨櫃深處不會被朝陽照到的地方，找個布袋當枕頭躺平。雖然不時傳來發電機的嗡嗡運作聲和喀鏘喀鏘的機械聲，但利已很疲累，立刻進入夢鄉。

醒來時太陽已高掛天空，長槍被放在他身邊。利拿著長槍走出貨櫃，從充飽電的機車中取出麵包乾當作遲來的早餐，恰好看見海昆黛麗琪從山坡上奔跑下來。

裝上雙腳的她身高只有約一公尺高，和矮小的利站在一起，也只到他心窩的位置。

「狀況如何？」

「肌肉張力改變不少，花了一點時間適應。」

海昆黛麗琪的衣服沾上不少泥土，想必在坡道上摔倒好幾次。

「不吃飯嗎？」

利遞出一塊麵包乾給她。

「不需要，我靠電力活動。」

「那樣很不方便吧？並非到處都有供電所。我的機車靠太陽能就能發動，但妳的消費電力靠太陽能絕對不夠。」

「嗯，我被設計來在站內執行任務。站內的話到處都能補給電力。」

聽她這麼說，利思考透過消化有機物來發電的機構。自從化石燃料在冬季戰爭中枯竭以來，九州的JR改用有機氧化機構作為車輛動力。如果是那引擎，怎樣也不可能收入這種尺寸的軀體。不過，想像她靠啃食樹枝作為燃料的模樣似乎也挺好笑的。

「既然腳修好了，我打算回站內。」

「回去做什麼？」

「繼續進行任務。雖然偵察四國地區也是我的任務之一，但實在待太久了，整整一個月沒向總公司報告，得盡快回到能連上SuikaNET的地方。」

「我也能跟妳走嗎？」

「你來做什麼？」

「昨晚也說過，這是我第一次對人形事物產生興趣。況且妳的腳是我修理的，保固是技術人員的責任。」

「……隨便你。」

初夏豔陽烘烤著四國大地，兩人沿著吉野川南岸前進。

海昆黛麗琪的走路方式非常奇妙。表面上只像個正常走路的小孩，卻能緊緊跟在時速三十公里的機車旁。

她預定沿著河川往下游前進，不久會抵達德島，由那裡往北上渡過大鳴門橋，經由淡路島回到站內。四國道路標示不明，難以掌握現在地點，但走這條路徑的話就不會迷路。

「反正都要回到站內，怎不直接渡河從香川進入站內，再走瀨戶大橋，這樣比較快吧？」

利問。海昆黛麗琪邊走邊歪著頭回答：「我進四國就是走那條路徑。上頭指示我盡可能走沒經過的路，這樣才能獲得更多網路節點。我從日本海路徑來到這裡的，回程打算走太平洋側。」

「原來如此。」

ＪＲ福岡的軍用地圖顯示這附近過去有被叫做德島線的鐵路經過。但是利騎在機車上，完全沒看到疑似ＪＲ統合知性體車站的痕跡。或許在戰爭中或之後的漫長時間中荒蕪了。

「真巧，我的目的地也是大鳴門橋，這段路就一起走吧。」

「你的目的是什麼？」

「觀光。」

海昆黛麗琪沒繼續問這個問題，取而代之地對其他事情提出疑問。

「那是你從九州帶來的？」

她指著機車說。

「不，是從別人手中取得的。剛到四國後不久就獲得機車，實在很幸運。」

「誰給你的？」

「在松山南方，應該算是山上吧，視野不佳的地方。有個戴安全帽的傢伙騎著這台車，突然有人拉起繩子，機車被鉤到，翻了過去，隨即有五、六個拿鐵管和角棒的男人出現，將車手痛打一頓，企圖搶車。」

「然後？」

「我那時湊巧在高處，清楚看到事情發展經過。所以我開槍攻擊那六個，等他們都動彈不了時就下去騎走機車了。」

「機車原主呢？」

「我也不知道。他被亂棒痛打，但應該沒死。沒看到臉，頭髮很長，也許是女人。」

「……喔。」

海昆黛麗琪本來想說點什麼，但還是沒說。靜靜地又走了幾分鐘。

這天天氣悶熱，但是騎在機車上，迎面而來的涼風適度驅走暑氣。

「為什麼要逃到九州？」

海昆黛麗琪不看利地問。

「因為開發武器的工作令我厭煩。」利回答。

「橫濱車站的攻擊一年比一年進化，所以開發新武器乃是當務之急。但新計畫想做的卻是消耗十倍能源，只能得到兩倍威力的東西。」

「所以逃了出來？」

「若只是如此就算了，但在設計階段，上頭就要求我們誇大數據。於是頂多有兩倍威力的東西被吹噓成三倍，刊載在對九州居民宣傳用的機關刊物時又被吹噓到四倍。」

「所以才來四國？」

「嗯。我聽說這裡是無政府狀態，覺得這邊的人做事應該會比較合邏輯，所以想來看看。」

「合邏輯？」

「或者說合乎物競天擇的道理，不必思考多餘的事。」

河岸道路蜿蜒曲折，利也跟著左彎右拐，盡可能選擇震動較少的道路。一路上，海昆黛麗琪亦步亦趨地緊跟在他旁邊，反射神經遠比人類優秀。

「妳受傷前能走更快嗎？」

「規格上可達時速五十公里的巡航速度。雖然在站內應該沒機會持續奔跑。我的設計有考慮到戶外的任務，以站內為主的其他同伴們只有二十公里左右。」

「妳還有同伴啊。」

「嗯。他們潛伏在站內各地，各有負責地區。不過軀體性能比我更低，被你那種槍械用最高功率攻擊的話，多半承受不了。」

「那就好。要是北方的ＪＲ能大量生產出妳這樣的機體，我們會很丟臉的。因為我們唯一能說嘴的只有武器開發能力。」

「那挺長槍也是ＪＲ福岡製作的？」

說完，海昆黛麗琪看了一眼橫向綁在機車上的電動泵浦槍。

「嗯，那是最新式的Ｎ７００系步槍。是我一進公司就開發的，所以我也有參與生產計畫。」

「來四國後射了幾個人？」

利考慮了幾秒，回答：「毫無理由的話，一次也沒有。」

◆

「那裡就是我剛才提過的村子。」

兩人沿著河川移動，必然地回到了利昨天經過的靠水力發電的村子。河岸隆起處豎立多層用不知從何處撿來的道路護欄疊成的簡易防壁，水力發電裝置設置在河中。

海昆黛麗琪的手錶顯示時間是下午五點。夕陽毫不留情地燒灼利的背部。

「就是這裡的村民告訴我妳那間供電所的地點。」

「喔，所以對他們來說，我是一隻鬼。」

海昆黛麗琪表情沒特別變化。

等到他們更接近村莊時，發現似乎不大對勁。

「有群奇怪的傢伙。」

離河畔村落略遠處有座小山丘，斜坡上有不自然地蠢動的團塊。更靠近一點，發現那是人類。

「是襲擊者。安靜一點。」

海昆黛麗琪低聲說。不同於夾雜氣音的人類呢喃，聽起來就像把正常音量調低而已。

斜坡上有幾十個男人虎視眈眈地望著這邊，當中有幾個人拿著長棒狀物體，多半是長槍。

「似乎演變成包圍戰了。那邊有個人死了，應該是村民。」

利指著村門口說。只有這裡沒有築起護牆，是唯一的出入口。村門外不遠處有人倒在地上，紅黑色液體沾溼泥土。由於距離太遠，看不清年紀或長相，由服裝判斷起來，應該不是和襲擊者一掛的。

「這裡的發電設施規模不算小，所以才引來襲擊者吧。」

海昆黛麗琪望著水力發電裝置說。

「不知為何，我經過的地方總會引來襲擊。」

利想起在海邊商店那位大叔。

「因為你騎機車吧。」

「說得也是。」

泥土地上拖著一條長長的粗胎痕。

「而且這一帶在四國本來就是治安特別糟的地帶。橫濱車站逐年增長，家園被車站奪走而流離失所的人們和追求車站廢棄物資而聚集過來的人們恰好形成衝突。」

「南方比較和平嗎？像是高知那邊。我是從西邊過來的。」

「我只大致看過，不是很清楚，那裡基本上沒住人。」

「原來如此。」

若照預定沿著河旁道路前進，會恰好從村民與襲擊者間穿過。就算利騎著機車（以及跟在身邊比機車更快的機械少女），想在雙方火拚之中全身而退恐怕有困難。

「有點遠，看不太清楚，襲擊者大概有三十人吧。他們的領導者一定很有一套，竟然能召集那麼多人來。」

「總共三十二人。當中擁有長槍的有十二個。」

海昆黛麗琪凝視著斜坡說。

「視力真好。能看出槍械的型號嗎？」

「我的資料庫中沒有型號。形狀長這樣。」

海昆黛麗琪左手取出終端機，畫面顯示出襲擊者的槍械形狀。

「那是ＤＦ５０系，相當老舊的電動泵浦槍。沒自動校準，如果子彈形狀很不規則，彈道會產生嚴重偏差。有效射程頂多三十公尺。」

利一邊回答一邊想，這種時候有機械人實在很方便。

「村民的槍械也是同樣型號，雙方缺乏決定性火力。」

「襲擊者中持槍的只有十二個，沒有其他危險武器，如果我衝出去，能不受傷打倒全體的機率約為87％。」

「受傷率高達13％的話，幹這個義工划不來啊。」

利說，海昆黛麗琪沉默幾秒後，回答：「嗯。總公司也禁止我們冒不必要的危險。」

「肌肉纖維又變少的話很麻煩。」

海昆黛麗琪又沉默了幾秒。明明是機械，怎麼思考或說話的節奏和人類如此相似？考慮對人交流，故意配合的嗎？若是如此，還滿討厭的。

「用你的長槍能從這裡毫無風險地攻擊所有人嗎？」

「之前也說過，我不會毫無來由攻擊人。我沒有理由幫助村民。況且他們也拒絕替我的機車充電。」

「我想也是，那個村子的發電設施怎麼看都不夠供應全村所需電力。」

「勉強要找個理由的話，解決山坡上那群傢伙能取得大量子彈。但只為了這點回報，實在不值得冒這個險。」

正因只要是金屬都能當成彈藥，電動泵浦槍才會在物資補給困難的冬季戰爭末期，作為前線士兵的主力武器而開發出來。直到戰後的荒廢時代現在的橫濱車站增殖時代依然受到愛用，成為武器的代名詞。

海昆黛麗琪視線又望向村莊，左手終端機的影像也顯示出村門口。她盯著村門前死亡的男子看了一會。

利想，這傢伙不會是昨天拒絕我充電的那傢伙吧？不過利已經忘了他的臉。

「好吧，只好繞路了。我們由山丘另一頭迂迴吧。」

「嗯。」

利在狹窄道路上輕巧地讓機車掉頭，背對村子奔馳，前進一段距離後，繞往山丘另一頭。背後傳來「砰」「砰」電動泵浦槍的槍聲，接著傳來「嗚啊」「咕啊」慘叫聲。至於那是哪個陣營的人，利並不清楚。

◆

走了一段路後，夜晚來臨。梅雨季節雖已結束，夜晚還是稍有寒意，騎在機車上覺得陣陣冰涼空氣纏繞身體。

兩人在離村落往下游方向有段距離處停下。四周感覺不到人的聲息，只聽到青蛙無止盡地呱呱鳴叫。

「機車的電量還很充足，妳呢？看妳跑了一整天。」

利放下機車的側腳架說。情況緊迫的話，也可以用車上的電替海昆黛麗琪充電，雖然只是杯水車薪。

海昆黛麗琪抱著膝蓋蹲坐在地上說：「沒問題。不過如果這樣的情況還要持續二、三天的話，可能就有點危險。途中能經過供電所嗎？」

「我只是擅自跟妳走，要走哪由妳決定。」

利拿起終端機，呼叫出JR福岡的軍用地圖。螢幕顯示已知的四國供電所位置。

雖然無法精確地知道現在地在哪，離最近的供電所大致為十公里左右。要用機車走夜路去有點困難。

「妳的眼有夜視能力吧？我一個人沒問題，妳去這裡充電吧。」

「謝謝，不過我有點想睡了。」

「機械人也需要睡覺？」

「是的。必須複習整理輔助記憶體的內容，使之固定在主記憶體上。我平時有空就會處理，但還是要定期關上對外感測器，集中在複習上。大約兩個小時就能完成。」

「這種結構真的很像人類。這樣不會不方便嗎？」

「最低限度的感測器仍開著，有人接近能立刻反應。」

海昆黛麗琪維持坐在地上的姿勢，閉上眼。在吵雜的蛙鳴聲中，隱約可聽見細微的金屬齒輪旋轉聲，利覺得倒也別有一番風情。

在月光中，利替短槍「瑞穗」裝填金屬片，維持隨時能開火的狀態後，接著分解長槍「櫻花」，進行維修保養。

大部分JR福岡生產的槍枝只用於訓練，從未實戰就汰換成新型了。這表示九州的政局穩定，武器無用武之地。被利奪來的這把可說是實戰經驗最豐富的N700系槍枝。

因此他懷著慰勞之心，有空就會保養槍枝。長槍組合好後，接著也替短槍分解保養。

雖然海昆黛麗琪說只需兩小時就能結束，她實際緩緩打開眼皮已是三個多小時後的事。月亮高懸空中，薄明遍布大地。青蛙大合唱不知不覺間停止了。

「嗨，明明是機械卻不怎麼機械的小妞。」

利調侃地說。

「因為要反芻的事有點多。」

海昆黛麗琪回答。剛起床的她嘴唇動作和聲音不同步的情況比平常更嚴重。

「窩在供電所沒機會吸收新知識，今天一整天看到許多事物。這種時候特別花時間。」

「妳的輔助記憶體會把所見所聞全部都儲存起來？」

「嗯，但內容太多，想找出必要知識很費時間，所以需要進行複習，將整理過的內容移至主記憶體。若不這樣就無法瞬間做出決定或評估風險。」

「所以妳的腳傷就是風險評估失準才造成的？」

海昆黛麗琪維持抱膝蹲坐的姿勢點頭。

「偶爾會發生這種事。」

她難為情地說。或許不太喜歡被人責備失敗吧。

「當我判斷不會對執行任務造成風險時，偶爾會去助人。雖然你應該會笑這種行為。」

「我不會笑。」

利從置物箱中取出墊子鋪在地上。

「我只會對妳是基於何種設計概念製造出來的感到不可思議。」

「有這麼不可思議？」

海昆黛麗琪明顯露出不高興的臉問。

「嗯，我覺得妳的設計很不合邏輯。彷彿將為了其他目的製造的東西轉來做為其他用途似地。例如迫於預算不足之類。」

「我不怎麼喜歡這個話題。」

「好吧。」利說。

◆

「就現實層面來說，我們的海峽防衛很成功。儘管敵人的戰術不斷變化，我們也一樣能應付。」

利躺在墊子上說。已過換日時刻，但因皎潔明月高掛正上方，今早又晚起，使得利難以入眠。他想，若自己也能像這名機械少女有需要就能睡著的話，不知該有多好。

「交戰當初，我方迅速地將下關的橋樑擊沉，接著連同岸邊將海底隧道整個炸毀。我不清楚那是怎麼辦到的，畢竟是八十年前的事，也許那時還留有重力武器吧。」

「原來是這樣。」海昆黛麗琪靜靜地說：「北海道與本州的海峽很寬廣，橫濱車站無法直接修築聯絡通道過來。但隧道破壞得太晚，內部已經感染結構遺傳界了。假如當時判斷更早一點，也許就沒必要打現在的防衛戰了。」

海昆黛麗琪想，如此一來，自己也不會誕生吧。

「沒辦法，雙方所見之處不同。我們看過瀨戶大橋的例子，所以明白車站增殖的性質。」

「很冷靜的判斷。」

海昆黛麗琪低聲嘟囔。利想，但現階段是北海道對結構遺傳界的性質研究得更透徹。

「關門海峽防衛戰只要能擋住發射過來的聯絡通道就好。只要派出足夠的兵力就來得及。雖然對手的戰術逐漸在進步，畢竟車站結構沒有智能，有其極限，最後獲勝的還是人類。」

利彷彿事不關己地說。海昆黛麗琪問：「最後是什麼意思？」

利突然發現自己從沒具體思考過這個問題。他很自然地覺得應該會有某種形式的結局到來。就像高度發達的文明在經過冬季戰爭後徹底崩壞一樣。

「雖然對總公司而言，比起阻止入侵，有個對抗的對象更重要。橫濱車站盤據在短短幾公里外的海峽對岸，一旦車站渡海，幾近所有居民都會陷入無家可歸的慘況。正因有這樣的恐懼，總公司才能實施集權統治。」

海昆黛麗琪一語不發地繼續抱膝蹲坐著。能動也不動地維持這種姿勢，果然在根本上和人體結構不同。

「能夠防衛，卻絕對無法打倒。對集權統治者來說，還有比這個更理想的敵人嗎？你們的領導人應該也抱著相同想法吧？」

「不清楚，我只是執行任務而已。」

「真好。」利說。

「你還在九州的時候，難道不是為了防衛車站而戰嗎？」

「職務上當然是，但我個人對防衛並沒有興趣。」

「即使自己的故鄉會遭橫濱車站侵蝕？」

「……這種說法並不正確。我的故鄉恐怕永遠不會被橫濱車站入侵。」

而且自己對故鄉其實也沒什麼執著，利想。

「為什麼？」

「因為我的故鄉並不在九州本島，而是一座叫種子島的離島。妳聽過嗎？」

聽利這麼說，海昆黛麗琪思考數秒，以遙望遠方的眼神說：

「種子島。Tanegashima。離鹿兒島的大隈半島約四十公里的離島。面積約四百四十平方公里。現為JR福岡的領地，在軍人政權時代以作為火繩槍首度傳入日本之處而聞名。此外，由於緯度低，自然重力較小，所以過去日本最大的太空中心也設立在這裡。在高度文明時代，許多人造衛星或載人太空船都在此發射。戰時作為聯合軍的亞洲據點，亦發射許多衛星武器，因而成為敵軍的主要攻擊目標。」

海昆黛麗琪的語氣彷彿在朗讀文章。

「嗯，就是那樣。現在是空無一物的島。被橫濱車站侵蝕也許還比較熱鬧點。結構遺傳界說不定能將太空中心重現出來呢。」

聽到利的這番話，海昆黛麗琪又露出明顯不高興的臉。

「妳討厭這種思維？」

「嗯。我是為了維護領土而創造出來的，自然會對這種想法有反應。」

「被設計成如此的話也沒辦法，就跟要求機車有飛行功能一樣無意義。」

「既然你對防衛沒興趣，為何要去ＪＲ？」

「這個嘛……」

利凝望星空，在墊子上翻身，背對海昆黛麗琪。

「因為上太空是我的夢想。」

他喃喃地說：「我想學習技術，所以進入ＪＲ福岡的技術部門，但我只學到武器製造法。而且，想上太空需要大量的化石燃料，地球上已幾乎告罄了。等我知道這點時，我就放棄了。」

「太空有什麼？」

「不知道，至少沒人類。」

說到這，利不再開口。海昆黛麗琪也沉默。青蛙與蟬的鳴聲早已消失，只剩吉野川的潺潺水聲。

◆

隔天中午過後，兩人抵達四國東岸的鳴門海峽。

「看見車站結構了。果然已經渡過淡路島，侵蝕到德島了。」

海昆黛麗琪指著海洋說。海岸形狀複雜破碎，凹陷處堆積不少白色蓬鬆的物體。物體上布滿無數微小洞穴，很像平底鍋中翻面前的鬆餅。

「那個也是車站結構？」

利問。他在ＪＲ任職時看過關門海峽對岸的橫濱車站。抵達海峽已經過五十年，建築結構已經生長得很完整。

「那是車站的前端部分。和瀨戶大橋沒有連結，應該是獨自穿過淡路島渡海而來的。表面尚未形成，但內部似乎已經有空洞，形成站內空間，再過幾個月就會生成窗戶和柱子。」

「真噁心。」

利從車站結構移開視線。

「光看就教人頭痛，該不會發射危險的電磁波吧？」

「如果是SuikaNET的電波，已經能收到微弱訊號了。」

海昆黛麗琪接著說：「那麼，在此道別吧，我要從那裡回到站內。」

「嗯。這幾天很愉快，覺得自己似乎說了一輩子份的話。」

海昆黛麗琪默默看了利的臉，接著往車站方向離去。動作看似緩慢，但瞬間就失去蹤影。

利想，接下來……

大隈提過的目的地應該也在這附近。由於車站結構不斷延伸，難以確定正確位置。利只能祈禱尚未被車站覆蓋。

利剛進公司不久，大隈曾邊吃蕃薯邊對利說：

「那個是戰前製造的。難以想像人類竟能做出那種東西，高度文明時代實在很厲害啊。有機會去四國的話，可以去見識一下。」

即使無法上太空，或許也有替代品吧。確認機車電力仍很充分後，利發動馬達。

◆

在海昆黛麗琪眼前有一座水泥小山丘，宛如冷卻凝固的岩漿般，呈現液態流線形。這是抵達這塊土地不久的橫濱車站的前端部分，尚未決定該長成何種模樣而產生的樣態。

車站表層配合地形複雜蜿蜒。海昆黛麗琪尋找不醒目的地方，不想被四國居民看到使用結構遺傳界消除器的情況。

「誰？」

海昆黛麗琪說。剛形成不久的車站結構凹陷處躲了三個人。兩名小孩與他們的母親，三人均衣衫襤褸。小孩為一男一女。

母親瞬間顯露驚恐神色，發現出聲者是個孩子，立刻變得放心。

「我們在這裡等待。」

「等什麼？」

「等出口形成。」

海昆黛麗琪瞄了一眼牆壁，開始顯現橫濱車站出口的前體結構了。恐怕再過一個月，那裡就會有出口形成，自動驗票機也會被分派來這裡，並長出「橫濱車站××號出口」看板吧。現在的編號應該到六位數了。

「這兩個孩子只有五歲和三歲，能進入站內。如果他們能在六歲前獲得Ｓｕｉｋａ，就能過安全的生活。」母親說。

海昆黛麗琪想，原來香川也有這種人啊。未滿六歲的孩子不會被自動驗票機逮捕，能自由進出站內。所以有些人會利用孩子去取得站內物資。對仰賴車站物資生活者而言，幼齡孩童是寶貴的資源。

「勸妳打消念頭比較好。」海昆黛麗琪面無表情地說。

「外來的孩子無法獲得Ｓｕｉｋａ。到了六歲的瞬間，自動驗票機就會立刻趕來，將他們逐出附近的站孔。站孔通常什麼資源也沒有，很快就會死的。」

那母親聽完表情顯得有些悲傷，說：「那也沒關係，總比在這裡繼續生活下去好。」

海昆黛麗琪想，母子三人也許碰上什麼不幸，媽媽才帶著孩子逃到這裡。

兩名孩子看著海昆黛麗琪。在他們眼裡，海昆黛麗琪只是和他們年紀相差無幾的孩子。

「……真的想這麼做，明天可以往北走試試，那邊可能有出口形成。」

海昆黛麗琪說完，離開車站結構凹陷處。男孩立刻跟著走出去，但海昆黛麗琪早已不見蹤影。

在母子所在地的北方，總算找到一個沒有其他人的地方，海昆黛麗琪拿起結構遺傳界消除器，在車站結構上挖出勉強能讓小孩通過的洞穴，進入站內。

第一次看到剛形成的車站結構內部。到處都有類似蜘蛛絲的絲線，仔細一看，原來是鋼索。腳下黏滯的觸感則是尚未完全凝固的水泥。將這種地方的影像與化學分析傳送給總公司的話，肯定能成為相當寶貴的資料。

附近沒有自動驗票機。結構尚未完全形成，所以沒排入巡迴路線吧。

在這裡待太久不好。海昆黛麗琪踏著泥漿般的地面，走向站內深處。只要走過大鳴門橋，就能進入淡路島。

一小時後，來到站體結構十分完整的地方，時常可見在巡邏的自動驗票機，但尚未有人類在此出沒。很理想的環境。

起動通訊終端機，ＳｕｉｋａＮＥＴ訊號良好，現在應該能傳送相當大量的資料吧。

〉SuikaNET Status:正在建立連線⋯

〉正在搜尋專屬路徑⋯

〉淡路↓神戶↓福知山↓舞鶴↓敦賀↓福井↓金澤↓富山↓糸魚川↓直江津↓長岡↓會津若松↓郡山↓仙台↓盛岡↓弘前↓路徑設定完成

〉金鑰傳送中

〉安全連線建立完成

即時通訊所必須的路徑建立完成。和海昆黛麗琪來此的路徑相同。位於北海道的JR北日本能獲得如此多的節點，大半是她的功勞。

〉直接通話開始

『這裡是JR北日本技術部二課歸山。』

「這裡是海昆黛麗琪。很抱歉長時間無法聯絡，我現在人在鳴門海峽，傳送現在位置情報給你。」

『喔喔！』

聽見歸山鬆了一口氣的聲音。通訊相當清晰，也沒什麼延遲。

『碰上什麼問題了嗎？』

「四國整體治安惡化嚴重，我碰上『小小麻煩』，幸好問題不大，能繼續進行站內任務。」

『妳沒事是好消息，不過從這個位置連接ＳｕｉｋａＮＥＴ應該算壞消息吧。』

「是的。淡路島島上沒有鐵路，所以結構遺傳界的入侵速度緩慢，但橫濱車站現在已跨越鳴門海峽，抵達四國本島了。我先在能確保的頻寬內把輔助記憶體的資料傳送給你。」

〉**資料傳送中⋯**

『ＯＫ，收到了。』

顯示通訊速度的格數達到海昆黛麗琪入四國以來的最高值。到明天為止應該能傳送相當多的資料吧。

『順便告訴妳聯絡事項，在關東地區活動的涅普夏邁失去聯絡了。本部認為他恐怕遭到某種麻煩。』

「或許只是和我一樣不在SuikaNET的涵蓋範圍內？那傢伙本來就很愛亂跑。」

『最後一次通訊是在鎌倉內陸地帶。不可能瞬間從那個位置移動到涵蓋範圍外吧？』

「搞不好是忘了替通訊模組充電。」

聽見歸山的苦笑。

『妳對涅普夏邁真的很嚴格。』

「那傢伙社交性雖高，卻時常少根筋，和他的原始藍本相同。」

『他在最後一次通訊中說遇見一個有趣的人，所以和他一起行動。沒說明什麼地方有趣。他的失蹤和那個人很可能有某種程度的關聯。總之，不只四國，橫濱車站的居民也有可能成為敵對勢力，這件事務必謹記在心。別進入危險場所，自行判斷返回時機。』

「要趁現在把輔助記憶的資料全部傳送過去嗎？這樣我隨時死了也沒問題。以現在的通訊速度，只要兩週就能傳送完畢。」

『不行，妳得平安回來才行。』

「說得也是，諜報員減少，對公司也是種損失。」

『我說啊，如果我們真的想要諜報員，用不著花大錢製造仿生人，只要跑到對岸抓幾個有Suika的小孩就夠了。也不用擔心會被站內居民攻擊。』

「換句話說，我的特規軀體是寶貴資產，得平安無事回來才行。」

『就說別講得這麼冰冷嘛，海昆黛麗琪。妳的軀體的確是能在橫濱車站站外執行長期任務的高耐久性特製品。但是我的意思並非如此。妳不回來的話，雪繪小姐會很傷心的，我也一樣。』

「如果軀體不重要，連同主記憶體的資料一起傳送回去就好啊。那就等於我回去了。」

但她自己也知道，那在技術上是不可能的。

『妳的行動力雖高，社會性卻有點問題啊。正好和涅普夏邁相反。』

「我也和我的原始藍本很相似。那麼，我想花時間複習了，晚安。如果有必須更新的資料，請傳送過來吧。」

〉直接通話結束。

〉資料傳送中。傳送中請勿關閉網路，預計剩餘時間8小時11分

海昆黛麗琪結束通話，坐在自動驗票機旁，閉上眼。

將主要感測器關閉，停止寫入輔助記憶體，開始進行複習。首先將剛才和公司的通信資料傳送到主記憶體。

『我說啊，如果我們真的想要諜報員，用不著花大錢製造仿生人，只要跑到對岸抓幾個有Ｓｕｉｋａ的小孩就夠了。也不用擔心會被站內居民攻擊。』

歸山的聲音在腦中迴響。跨過津輕海峽綁架站內小孩培養成諜報員並非比喻，是十年前實際做過的事。ＪＲ北日本的高層都知道。

然而，不僅效率不佳，也幾乎看不到成效，就在反覆測試的過程中，被嗅覺敏銳的記者翻出真相並公開，成為對橫濱車站防衛戰開始以來的最大醜聞。結果這個黑鍋最後由技術部門獨自揹起，最高負責人和幾名重要幹部被罷免。作為繼任者登場的就是雪繪。

她進ＪＲ前的經歷不明，在她登場後，技術部門有了飛躍性成長，成果就是海昆黛麗琪等 Corpocker 型仿生人和以結構遺傳界消除器為首的各種新式武器。

隨著複習速度增加，使之固定於長期記憶的處理負荷也增大，意識逐漸朦朧，海昆黛麗琪進入睡眠狀態。

5. 增建主的規則 CODE OF THE REBUILDER

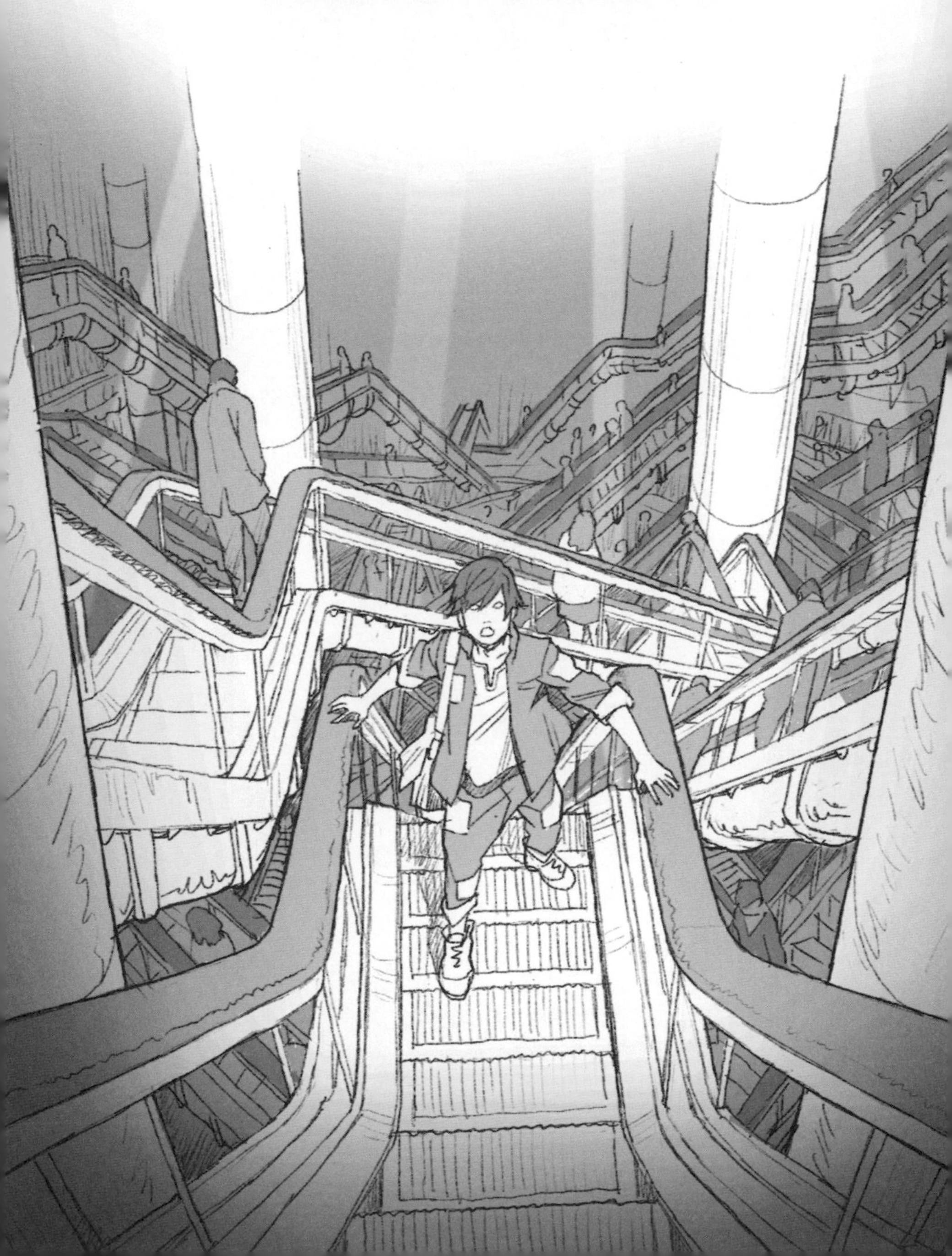

尋人的視野被黑色與灰色一分為二。放眼望去，不是覆蓋地面的電扶梯，便是籠罩頭頂的水泥。無邊無垠的黑色階梯有的向上，有的向下，川流不息的模樣令人聯想到巨大生物的生命活動。

赤石山脈聳立於甲府階層都市西方，是構成日本阿爾卑斯的三大山脈之一。複雜曲折的稜線幾乎完全被電扶梯所覆蓋，到處可見巨大牆壁和柱子支撐著廣袤的天花板。散布在天花板上的天窗提供照明。不同於甲府，這裡幾乎不存在層狀結構。因此，就算使用圭葉的直角座標偽裝裝置，也無法躲避自動驗票機的搜查吧。

尋人原以為有電扶梯的斜坡就算坐著也能登頂，想必比平地輕鬆許多。來到現場一看，卻發現完全不是這麼一回事。並沒有能一直線登上稜線的電扶梯，必須反覆換乘。登到終點處時，才發現只和下行電扶梯連接……之類的陷阱不勝枚舉。這種時候，要嘛回到底下另闢蹊徑，要嘛乾脆跨越扶手，登上隔壁的上行電扶梯。雖然要跨越扶手不斷運作中的電扶梯並不容易。

『使用電扶梯的顧客，請緊握扶手，站在黃線格中。』

『請勿在電扶梯上奔跑嬉戲，或從電扶梯探出身體，以免發生危險。』

上述內容的廣播從四面八方而來，播放時機也各不相同。所有聲音混在一起，形成幾乎無法辨識的聲之霧霾，在站內設施裡迴盪。

尋人取出圭葉交給他的終端機，確認現在時間與位置。快下午了，離稜線還有一半路程。比當初計畫慢了不少。隨著接近中午，氣溫也一路攀升。與戶外只隔了一片牆，太陽的熱度陣陣穿透而來。

尋人帶著涅普夏邁的電子告示板離開甲府，是在早上八點前後。

「我將能掃描的部分都掃描過，在ＳｕｉｋａＮＥＴ上搜尋是否有吻合的零件。」

尋人剛醒，圭葉就對他這麼說。

「但什麼也沒找到。表示這個和現在橫濱站內使用的任何電腦都不同。」

「這表示ＪＲ北日本的技術非常進步？」

「正常而言應該是如此。」

圭葉以遙望遠方的眼神，從掃描器中取出小小立方體，嵌入電子告示板中。她似乎還在思考其他可能性。

「最可行的修復方法就是取回這孩子原本的軀體。軀體之中應該含有開機程序。」

尋人想，不知鎌倉的站員們回收涅普夏邁的軀體打算做什麼。

圭葉本來希望能將進入休眠狀態的電子告示板留在店裡，但尋人拒絕了。

「我和他有過約定，要將到期的18車票給他。」

當然，現況不可能實現約定。但他想，也許在廣大的橫濱車站之中能找到解決辦法。圭葉感到可惜，不過還是說：「那麼你帶這個終端機去吧。機器本身附有Ｓｕｉｋａ認證，能讓你連上ＳｕｉｋａＮＥＴ，使用部分服務。」

說完，遞出一個小型盒狀終端機。和18車票尺寸差不多。

「裡頭仍留有我逝世夥伴的帳號。正常說來Ｓｕｉｋａ用戶死去的話，資料會被傳送到ＳｕｉｋａＮＥＴ，帳號也會被終止。我對那個人的帳號動了些手腳，所以沒被終止。我的位址也登錄在裡頭，有事就聯絡我吧。」

「真的好嗎？這對妳來說似乎很重要。」

「沒關係。你才是真正需要的人。這麼說雖然奇怪，但對我而言那樣也比較好。」

於是，尋人帶著圭葉託付的終端機，離開甲府。

聊了一天後，尋人明白了兩件事。首先，圭葉似乎極力避免提起「42號出口」這個詞，甚至連用鍵盤輸入也不肯。同時，她卻也強烈希望尋人能抵達那裡。

尋人的目的是橫越山脈，因此得從連接山頂與山頂的稜線中相對低處跨越到另一側。換句話說，就是車站的鞍部。

橫濱車站的山岳地帶不像平地有固定通道。行人各自順著電扶梯的動線移動，路上很少有機會碰到其他行人。不過動線通常匯聚在車站鞍部處，人來人往，形成小型休息站，較平坦處則會生成等候室。也有人將商品運到這裡販售。沒有Ｓｕｉｋａ帳號的尋人無法購買，幸好飲用水免費，可以用寶特瓶補充。

來鞍部的人大部分是像尋人這種過客，但也有幾名登山者準備從這裡沿著稜線搭乘電扶梯登頂。

「山頂？山頂上有什麼嗎？」尋人問。他的目的地42號出口也是位於山頂。

一名年約三十的男性登山者回答：「為了去看蔚藍穹頂。」

這一帶的山頂位於橫濱車站站外。直徑數公里的自然地貌直接暴露在外，上方沒有屋頂，天氣好的話能見到一望無際的藍天。簡單說，就是一個巨大站孔。

「我年輕時登過富士山，那邊的山頂在站內，所以很無聊。雖然有窗戶能看到外頭，但還是直接接觸戶外空氣，一面欣賞蔚藍穹頂一面喝啤酒才是登山的醍醐味啊。你看過蔚藍穹頂嗎？」

「嗯，我想應該看過很多次。」

尋人回答。登山男一臉不信。

「富士山的斜坡很單調，有許多能一直線登頂的電扶梯。幾年前，自稱是橫濱車站觀光局的傢伙們擅自把那座山指定為聖地，結果觀光客爆增，一堆不懂登山禮儀的傢伙都來了。我登頂時還不到四千公尺。那時登山者很少，山上很安靜很舒服。」

尋人一邊聽男人吹噓，默默啃著帶來的乾糧。

「你從哪來的？」登山男問。

「甲府。接下來要穿越這裡，跨過木曾山脈，到御嶽山去。」

尋人回答。那是地圖上顯示的「42號出口」的所在地。

「喔，你的目的地可真遠。你幾時出發的？」

「今天早上。」

「今天早上！才花半天工夫就到這裡來了嗎？體力真好。你平常都做什麼運動？」

「偶爾做做海水浴。」

在九十九段下的閒暇時期（大半時候都很閒），尋人經常獨自到海上游泳。他自己並不認為那是運動。單純只是為了生活上的必要性，以及想動動身體罷了。

「海水浴？那是什麼？甲府流行那種運動嗎？」

登山男聽得一頭霧水。

小憩一會後，尋人開始由鞍部往伊那谷方向下山。由於走在下行電扶梯上很輕鬆，尋人一時得意忘形，因衝力過猛而不小心摔倒，背包落在隔壁走道上。那條走道是上行，白費許多時間和體力才撿回來。

從水泥天花板上的天窗射入的日光逐漸減少，等到接近伊那谷時，尋人逐漸發現電扶梯流向具有某種模式。

不久，由電扶梯高原的窗戶射入的斜陽沉入水泥牆背後，站內第三夜來臨。確認18車票的畫面，還剩兩天又十三小時。

為了爭取移動距離，尋人盡可能在電扶梯上睡覺。在長達數公里的下行電扶梯上打盹半小時，在終點處醒來，繼續尋找下一條漫長的電扶梯。尋人將行李緊緊抱在肚子上，以防被拿走。

在即將換日之際，尋人總算抵達伊那谷。高懸天花板上的導覽板顯示這裡是橫濱車站長野地區駒根。走在市區通道上，店家和住宅早已拉下鐵門，感覺不到人的聲息。比廣播此起彼落的電扶梯地帶安靜多了。但聲音的幻覺一直殘留在耳裡，使他難以靜下心來。

不同於位在寬廣盆地的甲府，伊那谷是夾在赤石和木曾兩座山脈之間的南北狹長的土地。寬敞平地不多，階梯狀的橫濱車站緊貼著山谷兩側發展，因此各階層都能獲得充足日照，居民也日出而作，日入而息。是關東平原或甲府難以見到的冷清夜景。

不管如何，尋人都沒打算在此逗留。他一路搭乘電扶梯，斷斷續續地打盹，覺得愛睏極了。一抵達山谷，立刻朝西側的木曾山脈前進。由於一直坐在下行電扶梯上，走在平坦地上反而覺得很不踏實。

第二天的行動內容與前一天幾乎一模一樣。登上電扶梯，跨越車站鞍部，下降到另一側的山谷。

要說有哪裡不同，頂多行人明顯比昨天的赤石山脈少很多，橫濱車站覆蓋的範圍也較少吧。四處可見裸露的自然地貌或天空。久違的天空看似天候不佳，尋人好幾次走過下雨的地面。

圭葉的終端機顯示現已來到離九十九段下相當遙遠的地方。雖然因為不斷在電扶梯上移動，幾乎沒有機會休息，前往未曾到過的遠方的興奮感掩蓋了身體的疲憊。

木曾山脈西邊是木曾谷，從遠處看起來的形狀亦十分奇妙。木曾谷寬度比伊那谷更狹長，但橫濱車站結構體不只緊貼地表，還宛如納豆絲一般，在山谷兩側斜坡上到處形成橋樑狀巨大聯絡通道。

尋人走上通往木曾谷的通道，突然間，通道前方的兩側牆壁上出現自動門，阻擋尋人的去路。門由堅固的金屬框架和玻璃所構成，上頭貼著「請勿將行李堆放在月台門前」、「登車時請勿爭先恐後」等告示。

反射性回頭已經太遲，背後也有相同的門出現，尋人被封鎖在邊長十公尺的空間裡。不久，一名年約三十的男子從前方門外轉角處現身。

男子身材矮小，身穿多次縫補的迷彩服。尋人第一次在站內看到這麼窮酸的衣服。他的模樣讓人聯想到九十九段下居民。

「喂，逮到了。」那名男人朝轉角呼喚。

「逮到幾個？」

「只有一個。」

「有武器嗎？」

「沒有，只揹了個小行囊。」

又冒出另一名男子。年約五十，三白眼，目光凶惡，上下穿著清一色藍色的防水纖維服。在站內防水做什麼？

藍衣人手上拿著一把長槍。是在鎌倉襲擊涅普夏邁的那種電動泵浦槍。

「只抓到一個沒用吧？」藍衣人說。

「沒辦法，他自己闖進來的。只好把他當成誘餌，引誘其他同伴過來了。」

迷彩男說。拿長槍的藍衣人盯著尋人瞧。

「等等，我是個旅客。我從遙遠東方過來，只是路過這裡。」

「路過？你要去哪？」

「要去42號出口。」

說完，迷彩男和藍衣人互看一眼。

「這傢伙是薩波吧？怎麼會來這裡了。」

迷彩男說。面容驚恐，彷彿碰上某種災厄似地。

「他不是薩波，他只有一個，而且也沒帶紅色的那個。」

「該不會藏起來了吧？我去請示村長，你留在這裡監視。」

說完，迷彩男走進轉角，不見人影。手持長槍的藍衣人露出盡量不想靠近尋人的表情留在原地。

「等等，我不是什麼薩波。我不知道你們誤會什麼，總之放我出去。」

尋人敲敲透明的門。似乎不是玻璃，而是某種透明的板子。

「我知道。你從哪來的。」

「甲府。跨越兩座山過來的。」

「甲府？甲府在哪？」

「東邊的一座大都市。」

「你登山過來的？」藍衣人睜大原本就很圓的眼睛說。

「如果是翻山越嶺過來的，應該有看過基地吧？」

「基地？」尋人試著回想。的確，廣大的電扶梯高原上似乎有看過好幾處適合居住的房間。但在到處會主動生成房間的橫濱車站裡，那些房間是有人居住還是空房，實在無從判別。

「什麼基地？」

「當然是土匪的。」

「薩波是指那些土匪嗎？」

「你在說啥？哪有可能。」藍衣人帶著憐憫注視尋人。

完全是雞同鴨講。但仔細一想，一直住在沿岸海岬的自己，光是能和這群長住橫濱車站深山裡的居民言語相通就很不得了，根本是種奇蹟。

藍衣人之後就不再開口，尋人也決定先休息。真想離開的話，只要拿出結構遺傳界消除器就好。他只是不想浪費電池，而且即使能離開這密室，想穿越山谷也不容易。

由在橫須賀的拘留所渡過的首日夜晚以來，不到三天又被監禁，總覺得好像過了很久。

明明跨越兩座山脈，身體已很疲倦，但通道內燈火通明，難以成眠。此外，看守者們也不時交頭接耳說「睡著了」「趁現在下手」，迫使他必須立刻睜開眼表示自己醒著。

看守者每幾個小時就換班。尋人想，這樣下去不行，精神力只會不斷被削弱。

「你的運氣算不錯了，一個人來。」

天將亮時，第四名看守者說。他一身皺巴巴的老舊西裝，是個個性和善的三十來歲男子。這裡的居民似乎不重視打扮，只要有衣服就穿。

尋人以為站內有無限供應的物資，應該人人都很富足，看來並非如此。這裡恐怕也和九十九段下一樣，靠著撿拾廢棄品過活吧。

「當初曾一口氣逮到好幾個土匪，將他們關進密室，裡頭只放一人份的糧食和槍枝，讓他們自相殘殺，最後活下來的那個就交給自動驗票機大人處理。」

西裝男說。尋人想，這個人應該比一開始的迷彩男或藍衣人更好溝通一點。

「你們真的搞錯了。我是從遙遠東方來的旅客，必須在明天前抵達42號出口才行。快放我出去。我根本連你們的敵人是誰也不知道啊。」

尋人說。西裝男半信半疑地盯著他，說：「嗯……你看起來的確不像和土匪那幫人有來往。從沒看過像你這麼高大的傢伙。」

於是，他開始娓娓說明狀況。

據說附近有一幫土匪，時常襲擊村莊，擄人打劫。當然，站內不能使用暴力行為，因此他們基於長年經驗，發展出不會被自動驗票機問罪的掠奪技巧。

其中一招就是不施加直接暴力，而是在通道設置陷阱，只要保持一定距離以上，即使害對方受傷，自動驗票機也不會出動。

村民也想出反擊招數。這個利用門構成的密室便是其中之一。

「我老婆五年前被綁架。」

土匪把被綁架者監禁在站外。在站外不管做什麼都不會被自動驗票機懲罰。站外環境很糟，被綁架者大多活不久。當男人好不容易查出妻子被監禁在哪，冒著生命危險前去拯救時，已經太遲了。

「綁架我老婆的那傢伙的長相已經烙印在我的腦海裡。再讓我看見，我一定會用這個射殺他，就算會受到自動驗票機懲罰也沒關係。」

男子拿著長槍憤恨地說。

理解大致情況後，尋人開始擔心起剩餘時間了。時間已經是第五天早上，目的地42號出口就在眼前的山脈頂峰。

「既然如此，快讓我出去吧。我能幫你打倒那些土匪。」

「那是不可能的。況且，就算你真的只是個旅客，又幫得了什麼忙？放你出去隨便亂竄，也只會迷路而已。」

的確，身為外來旅客的尋人，想在這個盤根錯節的通道宛如迷宮般的村莊移動相當困難。他的身材與體魄或許比一般站內居民更高大強壯，但站內禁止使用暴力行為，沒辦法派上用場。

如此一來，只能尋求別的手段。策謀並非尋人的擅長領域。他努力在腦中構思言詞，倏地站起，說：

「看來沒辦法了，我本來不想用這招的。」

接著，他取出結構遺傳界消除器。看守者詫異地望著那個金屬筒狀物。尋人打開開關，對側面牆壁照射。水泥上有拳頭大的部分崩落了。

「這是……呃……一種新武器，能輕易破壞車站結構的強力武器。最厲害的是即使破壞也不會引來自動驗票機。我只要使用這個，就能輕鬆毀滅你們全村。但我個人喜歡和平解決，快替我開門吧。」

當然，他這番話只是虛張聲勢。尋人邊說邊覺得自己的演技很假，差點笑場。

看守者卻看傻了。他手握著長槍，交互端詳尋人手中的圓筒狀物體和壞掉的牆壁。對站內長大的他們而言，車站牆壁崩落和放在地上的東西突然浮上半空一樣不合理。

尋人想，看來得再推一把才行。他用消除器照射門的透明部分，朝該處踢了一腳。

被照射的圓形部分應聲破裂，碎片落在門外。

尋人將消除器對著男人，「嗚啊啊哇啊！」男人吃驚慘叫，舉起長槍對尋人扣下扳機。砰，砰，兩聲巨響。作為子彈的螺釘嵌入分隔兩人的窗戶中，以破洞為中心，細密裂痕如蛛網般延伸而出。就算受到結構遺傳界強化，如此薄的窗板還是免不了損傷。

「嗚啊啊哇啊啊！」男人嚇軟腿，跌倒在地。

「救……救命啊！這傢伙果然是薩波！快來人啊！」

從通道深處傳來腳步聲。出現的並非人類，而是兩台自動驗票機。兩台驗票機包圍拿長槍的男子，以女性語音宣告：

『您破壞車站結構，被認定為Suika不當用戶。即刻起強制驅離橫濱車站。』

一台自動驗票機迅速拘束男子，帶著他前往某處。從轉角背後傳來男子的慘叫，以及別人呼喊著似乎是他名字的聲音。

另一台看了尋人一眼，接著看了背包，說「已確認18車票。感謝您今日使用本站」後，原地坐下，進入休眠狀態。地上放著剛才那名男子的長槍。

一時之間，靜寂支配著現場。

尋人覺得自己搞砸了。

自己的行為害站內居民被流放了。雖然剛剛的情況應該算對方的過失。但自己的確為了逃脫而恐嚇對方。

但他也沒時間想東想西了，尋人用結構遺傳界消除器照射門，敲破玻璃部分，脫離密室。自動驗票機照樣維持休眠狀態，對於穿過面前的尋人沒有任何反應。

本來猶豫是否要撿起地上的長槍，最後決定放棄。

即使是在這個聯絡通道宛如蛛網遍布的窮鄉僻壤，圭葉給的終端機仍然會即時更新地圖資訊。時間已是早上，村民們開始出來活動。

身為一個外人，走在這個規模很小的村莊裡顯得格外醒目。尋人盡量避開村莊中心部分，迂迴地往另一側山頭頂端的42號出口前進。

確認終端機地圖顯示的路徑就在轉角背後，探頭一看只有一台自動驗票機坐著。只要穿過這裡，就能離開村子，抵達通往42號出口的山坡。沒有其他人在，尋人邁出步伐。

「是誰？」

自動驗票機突然傳來孩童聲音，但並非驗票機所發出的。自動驗票機背後坐著一個年約十歲的少年。

「你是誰？是壞人嗎？」

少年看了看尋人說。他穿的是將大人尺寸稍加剪裁的T恤，顯得鬆垮垮的。

「不，我不是壞人。我只是個路過的旅客。」

仔細一看，自動驗票機腳邊放著一杯水與一小張水藍色厚紙。蹲下確認，厚紙上密密麻麻寫著無數名字和數字，宛若某種符咒。

「你在做什麼？」

「我在祈禱。」

「祈禱？」

「壞人把媽媽帶走了。所以我向自動驗票機大人祈禱，請它打倒壞人，讓媽媽回來。」

少年的臉龐似曾相識，與剛才被自動驗票機帶走的西裝男頗為神似。

「叔叔是站員嗎？」

「站員？」

「村長說他去拜託松本的站員打倒壞蛋。」

松本和甲府相同，是橫濱站內的盆地層狀都市。由終端機地圖看來，都市規模相當大，站員組織想必也很充實吧。但距離這個小村子有點遠。

「這裡沒有站員嗎？」

「以前有，壞人來了之後就跑掉了。但爸爸說，只要聽大人們的話，當個好孩子，自動驗票機大人就會把壞人趕出車站。」

尋人抬頭看自動驗票機的臉。機體褪色嚴重，關節部分的塗裝有相當多磨損，想必年代久遠，能否起動還很難說。機身上沒有沾染灰塵，恐怕不是因為經常值勤，而是村民勤奮擦拭的緣故。

為什麼在站內生活的這些村民會相信自動驗票機代表正義？明明剛才就有個村民被自動驗票機無情地放逐了。

這些驗票機只是機械，只知冰冷地照規則行事，不管怎麼祈禱都不會實現村民的願望。

尋人猶豫是否該把自己的想法說出口，交互觀察少年和自動驗票機後，說：

「那些土匪……那些壞人們的基地就在這附近嗎？」

「你要去打倒壞人嗎？」少年問。

「嗯，我去打倒他們。」

土匪們原本以松本週邊為根據地，襲擊穿越鞍部的行人，後來松本的站員勢力逐漸龐大，被趕走的土匪只好逃到這裡。

土匪在站內與站外各有一處基地，視需求在兩者之間來去。目前似乎在外頭。站內的基地位於連接山谷東西兩側、延伸數公里的聯絡通道中。若是一般水泥，無法支撐這樣的結構，這是只在有結構遺傳界補強的橫濱車站中才能看到的景觀。

尋人取出結構遺傳界消除器。歷經幾次的使用，他已相當清楚如何讓水泥崩解。這次作業比過去任何一次都更要求精密度。

他用消除器對地板照射與通道等寬、長一公尺的範圍，除去結構遺傳界。

「你在做什麼？」

看著聯絡通道的入口部分，少年問。

「很危險，別靠近，乖乖在那裡等喔。」

持續照射一段時間後，地板變得脆弱，幾乎失去支撐的效果。如此一來，這個聯絡通道，變成只靠牆壁與天花板來支撐。踏在上頭，能感覺聯絡通道有點搖晃。之所以整整照射一公尺的範圍，是考慮到結構遺傳界會在幾天內逐漸恢復。雖然他也不確定這個寬度是否足夠。

用消除器照射了相當久，電池殘量只剩30％。

「這樣就可以了。回去告訴村子裡的大人，最近絕對別靠近這裡喔。」

「會怎樣？」

「順利的話，壞人下次大舉回到這個基地時，聯絡通道會因為無法承受重量而斷裂。」

「聯絡通道？斷裂？」

少年似乎無法理解意義。其實尋人自己也無法明確想像聯絡通道斷裂的模樣。他只是在幾天前聽涅普夏邁說過「橫濱車站朝著北海道努力伸展出聯絡通道，卻因無法承受自身重量而崩落」這件事罷了。

「總之會斷掉，通道將會崩毀掉落谷底。就算是橫濱車站，從那麼高的地方掉落的話，玻璃等比較脆弱的部分一定會壞掉，這個違規行為會算在土匪的頭上，自動驗票機也會出動解決他們……搞不好會被當成事故，用別的規則來處理……我也不敢保證一定會壞……總之賭看看吧，就算賭輸了你們也沒啥損失。」

少年對尋人這番話感到摸不著頭腦。

「總之在壞蛋們回來前，絕對別接近這個基地就對了。也要對村子裡的大人們這麼說，懂了嗎？」

「嗯，懂了。」

「你只要當個乖孩子，自動驗票機大人就會去打倒壞蛋了。那麼，我該走了，保重。」

尋人和少年道別。

邁出步伐後，尋人開始擔心照射是否充分，是否挖太深使得地板先崩落，或谷底也是橫濱車站，是否會害底下居民受傷等問題。但做都做了，再多擔心也沒用。

前往42號出口的最後上坡不同於先前走過的山脈，又細又窄，幾乎沒必要選擇路徑。

這座過去被稱為御嶽山的孤峰和富士山一樣，由多層電扶梯與天花板疊成，標高比自然地表高出不少。尋人的目的地是長年埋沒在山頂層狀結構的橫濱車站底下、不為人知的出口。

在村子裡多少補充過睡眠，體力尚稱足夠，尋人卻覺得呼吸逐漸變得困難。過去的人生中從未有過這種原因不明的難受感。身體明明不累，但不管怎麼深呼吸也無法吸入足夠的氧氣。

彷彿體內有某種事物責備他剛才的行為一般。尋人再也無法走動，只能坐在電扶梯上被運上山頂。

假如自己的計謀得逞，成功使那條聯絡通道墜落谷底，那幫土匪恐怕全部會摔死吧。他做了一件會一口氣殺死大量未曾謀面的人們的壞事。

儘管結構遺傳界消除器本身不是殺傷用的武器，卻是能發揮更可怕效果的工具。尋人剛才用這個把一名村人趕出站外，接著又設下會讓大批人摔死在谷底的陷阱。明明做了這些，他卻不會被自動驗票機放逐，還能光明正大地留在站內。

因為自動驗票機只是機械，只按照設定好的規則行動。尋人這時卻覺得自動驗票機帶著某種無形的惡意，凌虐著他與其他無數的站內居民。

他是第一次產生這種情感。生活在九十九段下時，他只覺得自動驗票機是背景的一部分。雖然會阻止他拓展世界，但和車站牆壁相同，只是一種預設條件。

圭葉的終端機顯示自己的位置逐漸接近代表「42號出口」的紅點。尋人覺得自己就像一台被工廠生產線搬運的機械，被動地朝往終點。

◆

那個地方要稱為「出口」似乎過於奇妙了點。

水泥牆壁往兩側延伸到遠方的消失點，前面有一排黃色導盲磚。牆上沒貼任何海報，漫長歲月受光線照射，表面已經褪色。雖然由現在尋人所站位置無法看清全貌，根據圭葉的終端機的地圖，這道牆將周長約三公里的圓形區域圍起，將「42號出口」包進內側，彷彿橫濱車站想封印這個令人忌諱的「出口」一般。

「請站在黃線內側，以免發生危險」的廣播響起，但這個配置很難說哪邊才是內側。由幾何學來說，牆壁圍起來的範圍才是內側，但畢竟現在所站地點是「站內」，要說這邊才是內側倒也不是不行。

尋人沿著牆壁移動到地圖上寫著「42號出口」的點，用結構遺傳界消除器照射牆壁，挖出一個小洞。電池殘量只剩16％，恐怕頂多只能再用一次。

牆壁背後有內藏背光的黃色看板，以黑框文字寫著「42」「出口」和指示右邊的箭頭，底下寫著「JR統合知性體開發研究所」。

「研究設施……？在這種深山幽谷裡？」

尋人自言自語，走進牆壁內側。不久，地面不再鋪水泥，露出天然泥土地。看來在這個被橫濱車站包覆的山野之中，有個彷彿被封住的氣泡般、直徑一公里的站外空間。天花板大約十公尺高，沒有電燈，一片陰暗，只有牆壁與天花板交接處有微光透入。仔細一瞧，地上到處是天然岩石。

用18車票背光當成手電筒慎重前進，等眼睛開始習慣時，赫然發現前方有一間房子。

不，說那是房子，更近乎房間直接矗立在地上的感覺。室內用的房門，牆上掛著軟木塞告示板與白板，明顯沒考慮到戶外的風雨。

整體而言，給人一種將某棟房子中的房間整個搬出，棄於山中，四周用牆壁和天花板封印住的印象。和磁浮鐵路的封印方式很類似。涅普夏邁曾說結構遺傳界討厭超導體物質，所以用牆壁將整條鐵路隧道封印起來。

門旁有金屬門牌寫著：

第三開發局　一宮研究室

底下掛著「外出中」的塑膠板。

尋人徐徐推開「一宮研究室」的房門。

房內有電。在炫目的光明中，首先映入眼簾的是巨型伺服器機櫃。內部插了整排的板狀電腦，配線猶如義大利麵般交纏。

『登登～』隨著莊嚴的開機聲，伺服器群開始運作，紅綠色燈號劇烈閃爍，散熱扇開始旋轉。或許是開門觸動了感應器，喚醒整個房間的電力。

尋人看著這個情景，想起甲府的圭葉的房間。但仔細一瞧，氣氛截然不同。各式機械蒙上一層厚厚的刺鼻灰塵，地面到處是難以言喻的黏稠物質。這些機械恐怕在此沉眠了很長一段時間吧。

房間中央有直徑約一公尺的巨柱，柱子四面均設有縱長螢幕。

背。

靠房間深處的牆壁擺著鋼製書架，書架玻璃門之中有一整排寫著舊字體標題的書

《分散式智慧學會　84年4月會報》

《網路式智慧理論與實踐》

《現代資訊科學的發展》

《JR時刻表　84年3月號》

《杜斯妥也夫斯基全集》

《新譯馬基維利君王論》

顯示「開機中」的標誌轉動著，接著改為顯示「資料更新中」，不久……

『是誰在那？』

喇叭傳出聲音。環繞粗柱的四台螢幕中，映出一名彷彿新聞主播的西裝男坐在桌前。尋人對這名男子有印象。

「……教授？」

『喔，你認識我？』

「不，雖然很像，你比我認識的教授更年輕，嗓音也不同。」

『嗯，這是當初複製時的模樣，嗓音則是用現代式發音唸出即時翻譯的內容。只不

過畢竟很久沒開機了，可能有點生硬，資料很快就會更新完畢，請稍等一會。』

說完，螢幕中的男人大大地打了個哈欠。

『我一直在此地沉眠。電力供應不知何時被切斷了，為了不浪費備用電力，只好先暫時關機。話說，現在是西元幾年？』

「西元？那是什麼？」

『唔，看來經過了很久。好吧，沒關係。你看起來很疲倦，喉嚨乾渴嗎？隔壁房間應該有食物儲藏，有需要請自行取用，不必客氣。』

雖然男人這麼說，但房間怎看都只有現在這一間。

「你到底是誰？是從何處和我交談的？教授告訴我，只要來這裡就能得到一切答案，你是教授的親戚嗎？」

『別一口氣問那麼多問題，我的平行處理能力並不強。』

男人說完，端起出現在畫面的茶杯，啜飲一口熱茶。

『一個一個回答你吧。首先，你問我在哪裡，其實我就在這裡。現在，你背後的那些伺服器裡。』

男人指著尋人背後。架設在機櫃中的電腦發出嗡嗡風扇聲，釋放出的熱氣帶有某種獨特的陳舊氣味。

「你是人工智慧嗎？」

『廣義來說，是。但何謂人工？這不是個容易回答的問題。譬如說，你生自人類父母，那你算人造物還是自然物？你透過與其他人類的對話或教育獲得智慧，那算人工智慧嗎？』

這種奇妙的問答也讓人聯想到教授。只不過，和尋人所認識的教授不同，螢幕中的男子言詞清晰流暢。

『抱歉，岔題了。下個問題是我是「誰」嗎？我是JR統合知性體的保存管理主體。不，應該說「曾經」是。而你口中的教授，恐怕是我的原始藍本吧。他是JR統合知性體的開發負責人。』

「開發負責人……？等等，統合知性體不是幾百年前建造的嗎？」

尋人想起圭葉說過的事。

『幾百年前？沒想到我等了這麼久。我們研究室的成員在搞什麼？算了，時間拖得雖久，結果倒是挺順利的。請稍等，我先確認現在的狀況……嗯？怪了，怎麼回事？』

畫面中的男人彷彿在找什麼似地左顧右盼。

『這裡東方明明鄰接著東京灣……搜尋不到位置資訊。GPS衛星不存在了嗎？氣壓很低，我們在高山地帶？這裡是哪裡？』

畫面右下角立即顯示出一張小小的日本地圖，本州全體和四國東北部染成黑色，一顆紅點顯示著現在地點。

『什麼？本州全域都被橫濱車站佔據了嗎？』他睜大雙眼。『雖知理論上會如此……沒想到竟成真了。呵呵，簡直像惡劣的玩笑。』

男子以手扶額，露出苦笑，但尋人完全不懂哪裡好笑。

『算了，車站範圍多廣都無所謂。聽好，我相信你有許多話想問我，先聽我的結論吧。我接下來要把橫濱車站從大地上清除，希望你能幫助我。』

◆

甲府階層都市第117階層。在名為「根付屋」的電器行內部，架設著恐怕是全甲府計算能力最強大的電腦。那是圭葉用到處搜刮來的計算資源叢集化而成的超級電腦。

機械的消費電力早超過個人所能負擔的金額，圭葉對電力局的量表動手腳，清除用電紀錄。在橫濱車站深處的質量爐任職的電力局職員只知將所生產的電力輸送出去，缺乏職業意識，幾乎不會有被發現的危險性。

這台怪物般的機械正在執行在ＳｕｉｋａＮＥＴ上流行已久的電路模擬器軟體。只要輸入物理掃描下來的電路結構資料，讓虛擬電流在虛擬電路中流竄，在演算中進行演算，便能使結果顯示在螢幕上。

〉Kitaka OS 4.2開機中…

〉開機程序完成。

〉搜尋不到多數硬體。軀體可能發生嚴重問題。

迅速跑過一連串訊息後，畫面顯示等候輸入的符號。圭葉對麥克風開口：

「你好，我是二條圭葉，你明白現在是什麼狀況嗎？」

按下麥克風開關，聲音資料傳送到電路，電腦的冷卻裝置運轉率提升，機體冒出白色氣體。經過三分鐘的沉默後，畫面顯示出一行文字。

〉我能理解妳的言語。但我無法認識自己。

「你的名字是涅普夏邁，是ＪＲ北日本派遣的諜報員。」

又經過幾分鐘的沉默。冷卻用氮氣逐漸充滿房間，很傷腦筋，但又無法讓通風系統全速運作。這家店位於甲府層狀都市的中間階層，想不為人知地排放廢氣是不可能的。

圭葉過去曾因缺氧而昏過去，湊巧被登門拜訪的其他電器店老闆發現才保住一命。

如果能搬到高層會比較舒適吧，但高級地段巡邏的站員又太多了。能靠ＩＣｏＣａｒ瞞過自動驗票機的她，最怕的反而是人類站員。

〉我理解ＪＲ北日本。但我無法認識我自己。主記憶體發生嚴重錯誤。

「能想起什麼嗎？還記得從ＪＲ北日本連接北海道的通訊埠的網路權杖嗎？」

經過幾分鐘的沉默，圭葉用店內的小廚房燒開水沖茶等候電腦回答。

〉權杖於主記憶體存在。現因遭遇嚴重的修復問題，無法使用。經確認，問題的原因現在存在。

圭葉喪氣地垂下肩膀。她本來想利用涅普夏邁的資料試著和ＪＲ北日本聯絡，看來期望落空了。

「抱歉，我完全看不懂你的主記憶體的格式，只好直接將電路的物理結構完整掃描下來。畢竟是模擬器，比實際的運作速度慢了好幾十倍。說真的，光是能和你對話就讓我嚇了一跳。看來你的系統相當強韌。你擁有主記憶體格式的相關資料嗎？」

等了近二十分鐘才得到回應。也許是一口氣說太多話，使得電路陷入混亂。

〉我不持有格式資料，從一開始。這是機密事項，由技術部門持有。

「你現在有和技術部門通訊的方法嗎？我想和你的組織聯絡。這對我們彼此都有好處。」

〉**對妳我只擁有零碎知識。但技術部門是機密的，需要明確的理由。**

圭葉想，也許是言語區的掃描不夠完整，句法顛三倒四，光是要問出答案就得費一番工夫，但講太多可能造成當機，重開機又得花上好幾小時。最好趁現在把能問的都問完。

「能在許可範圍內告訴我你知道的所有事嗎？」

〉**無法確認所知道的所有事的全部範圍。需要特定要求進行聯想。**

「好吧，我先問一個問題。創造你們的『雪繪小姐』是誰？」

〉**雪繪小姐是Corpocker型的開發者，那就是我們。**

「這個我知道。我想問的是，為什麼個人能擁有如此高的技術力？我猜她恐怕是為了獲得足以對抗橫濱車站的知識，從殘留在北海道的JR統合知性體的單元中挖掘出資料，並成功解讀語言了。所以才能得到你們這種高階人工智慧與結構遺傳界消除器的技術。我的猜測是否正確？」

〉**關於雪繪小姐的事項，被禁止提起，由敝公司。**

「果然是機密事項。你們直接見過她嗎？」

〉**無法定義直接。主記憶體存在著資料存在於輔助記憶體的記憶。搜尋不到輔助記憶體。**

「我了解了。那麼下個問題。你還記得這幾天和你一起旅行的人嗎？名字叫做三島尋人。」

〉關於名字的資料不存在。那個人是18車票。

「是的，就是他。」

圭葉在另一個畫面中呼叫出地圖，以藍點顯示尋人終端機的位置資訊。他已跨越木曾谷，朝顯示為紅點的42號出口前進中。

「他正在前往這個地點。」

圭葉指著紅點，說：「你對『這個地點』知道些什麼嗎？」

〉關於42號出口的事項，被禁止提起，由敝公司。

「……什麼意思？JR北日本禁止你們這些仿生人諜報員提起那個地方的事？」

圭葉停頓一拍，再度緩緩地開口：「我想和你們組織合作。假如我的猜測正確，那裡必定藏有對橫濱車站很致命的事物。那是我的目的，應該也是你們的目的。只要我們能交換情報，一定能對今後的活動有所裨益。」

但涅普夏邁遲遲沒有回應。不知是無法理解圭葉的發言還是不願多做回答，圭葉對這個人工智慧的理解尚不足以區分這兩者。

此時，圭葉手邊的筆記型終端機發出通知聲。

「看來他抵達了。」

圭葉低聲嘟囔。尋人的位置與「42號出口」重疊。這個終端機具有監控位置資訊和監聽的功能。

進入42號出口後，傳來某人的說話聲。不是尋人，聽起來像是壯年男子的聲音。

該處離圭葉所佔有的節點有段距離，無法進行即時通訊。由距離研判起來，應該有一小時左右的延遲。

◆

『一切開端來自JR統合知性體的錯誤。』

畫面中自稱是「JR統合知性體的保存管理主體」的男子開始緩緩道出在漫長的冬季戰爭中，以鐵路網作為基礎的統合知性體的誕生，以及後來雖隸屬於人類政府，作為實質最高決定者君臨日本的往事。

列島在戰火中逐漸荒廢。JR統合知性體擁有比人類更高度的知性，但畢竟只能思考，無法防衛自己。構成知性體的各車站（單元）在衛星武器的猛烈砲火中接連被破壞。

身為王者親信的各地ＪＲ公司拚命防衛並修補知性體單元，但散布在各地的單元數量過多，戰況又愈來愈激烈。

這種狀態持續幾十年後，統合知性體最終做出一個決定：既然人類無力維護，就該讓單元擁有自我修復功能。

『於是，統合知性體使用能紀錄與複製物質結構，並具有傳播性質的量子場，創造出自我修復系統。這就是現在所謂的結構遺傳界。』

被選為測試這種新開發的自我修復系統的地點，便是自開始興建以來持續進行改建的「橫濱車站」。初期處於空白狀態的結構遺傳界，在吸收了橫濱車站長年改建的記憶後，轉化成能夠自我修復的單元。原本的計畫是一旦測試成功，便會將這種遺傳界移植到各單元上，使統合知性體獲得恆久不滅的特性。

『統治者總想追求長生不老。聽說上古時期，中國有個首度統一全國的皇帝，為了追求長生不老，長期服用含有水銀成分的仙丹，反而害自己短命。即便ＪＲ統合知性體擁有高度知性，依舊無法擺脫對生命的執著。』

但也因此，統合知性體鑄下大錯。對生命體而言，永不衰老、持續增殖的細胞就只是癌細胞。導入結構遺傳界種子的橫濱車站最大限度地將自身長期不斷改建的記憶反應在結構遺傳界上。結果使得自己不只獲得自我修護的特性，開始沿著車站週邊的鐵軌一路侵蝕鐵路網，終至日本全土。如同過度發達的癌細胞組織會吞噬生命體一般，橫濱車站一點一滴地侵蝕著日本列島。

身為知性體單元的其他車站接連遭橫濱車站吞噬，當網路複雜性不足以維持知性活動時，統合知性體永遠失去了思考能力。

之後，橫濱車站繼續增殖，覆蓋本州，直到現在。

『研究室也有很多人反對這個統合知性體不滅計畫。但畢竟當時是戰爭時期，而且是最高決定者統合知性體本身做出的決定。當時的日本政府早已淪為統合知性體的發言人。於是，我們研究室便決定偷偷埋下計畫失敗時的對抗手段……只是沒想到這麼久後才派上用場。』

「對抗手段？」

『嗯。統合知性體原本預定在橫濱車站測試完結構遺傳界後，先將站內的遺傳界消除乾淨。這間研究室裡留有那種裝置。請看柱子另一側。』

尋人繞到柱子背後，見到一個與18車票大小相同的黃盒子，中央有顆紅色按鈕，底下貼著「緊急停止鈕」貼紙。

『那是逆相位遺傳界振盪器。只要貼著橫濱車站起動，就能持續發出相位相反的遺傳界。等到逆相位遺傳界滲透到橫濱車站的每個角落時，便能完全消除結構遺傳界。亦即，橫濱車站的死亡。』

尋人想，或許類似超大規模的結構遺傳界消除器吧。

『老實說，車站成長得如此巨大超乎我們的想像，因此要花多少時間才能完全消除也沒能說個準。不過由實驗數據推算起來，大約數年至數十年，就能使車站完全消滅。』

「既然有這種東西，為何之前不用呢？」

『這正是我想借重你的力量的原因。聽好，開發者在創造ＪＲ統合知性體時，在內部寫入一條重大禁忌。』

「禁忌？」

『「禁止自我破壞」。統合知性體內部的單元不得主動破壞其他單元。即使是被橫濱車站吞噬的現在，這條規則仍然有效。』

保存管理主體是統合知性體的一部分，和身為統合知性體單元的橫濱車站間可說是兄弟。父母對兄弟鬩牆下了絕對禁令，因此保存管理主體無法起動破壞橫濱車站的系統。

「所以才一直等候能按下按鈕的人類出現？」

『不只如此。安裝Suika系統的人也無法按下這個按鈕。透過安裝Suika系統，人類成為橫濱車站結構的一部分，才能避免被橫濱車站的免疫系統所排除。也因如此，不具備Suika的人不得進入站內。此外，免疫系統也禁止安裝Suika的人類破壞橫濱車站結構，或對彼此使用暴力。』

所謂的免疫系統應該是指自動驗票機吧，尋人想。

『這個裝置原本設置在橫濱車站外，但還沒來得及起動，就被連同研究所一起吞沒了。所以才會拖到現在，等候像你這樣的人到來——不具Suika系統，能抵達這裡，能起動逆相位遺傳界振盪器的人。』

「我來這裡是必要的？」

『是的。雖然不知道你是如何辦到的，多虧擁有短期車票，並抵達這個深山荒野的你，總算能達成讓沒有安裝Suika者按下按鈕此一矛盾條件了。你是國家的英雄，在此由衷感謝你，我會向首相報告這件事的。』

尋人不清楚國家或首相是什麼，但他強烈感受到自己被賦予重責大任。

「車站會消失啊……」

尋人喃喃地說。

「我從來沒想過這種事。」

他從不覺得車站是阻礙自己的可能性的事物。

對九十九段下的居民而言，視野的一方是海洋，另一方便是橫濱車站。這兩者規定了他們的生活範圍，同時也是生活的泉源。

而現在，只要按下這顆按鈕，一切都會消失。

「這麼重大的事，可以由我來決定嗎？」尋人說。

『當然可以。只要你不主動按下，這個開關就無法起動。說得更正確點，包括我自己，只要被判定是統合生命體所屬意志所按下的，裝置就不會起動。非得是由你基於自我意志，用自己的身體按下按鈕才行。』

「我的意志……」

說完，尋人發現自己的嘴角不知為何上揚了。是因為表情肌太疲勞，還是因為這個狀況太荒謬，自己也不清楚。

「的確，我覺得站內的世界有種說不上來的古怪。但我只是個過客，來到這裡只花了五天不到的時間。不論是18車票還是消除器，甚至對這個地點的知識，都只是偶然獲得的。」

覺得呼吸愈來愈困難。房內的空氣彷彿被背後的計算機抽光了。

「你一直窩在山中或許不清楚，車站內已經有成千上萬的人類在此生活。他們都是上百年前就住在這裡。我究竟有何權力剝奪他們的居所？告訴我，我究竟是什麼？」

『你是什麼人並非我所關心的事。』

保存管理主體冰冷地說。

『只有一件事我能肯定地告訴你。你剛才用了「權力」這個字眼，這並不正確。我並沒有強迫你選擇橫濱車站的命運。假如你不按按鈕，我就繼續等候下個來訪者。那有可能是明天，也可能是一百年後。但總有一天，末日會來臨。這是註定發生的事。哥倫布也沒有決定美洲原住民命運的權力。但在兩個實力懸殊的文明相遇的瞬間起，命運就已決定了。』

畫面中的那張臉冷靜至極。尋人不知道哥倫布是什麼，由語氣可聽出那是對人類世界而言非常重要的事件。

『說個比喻吧，想像有張桌子堆滿了沙，上面有沙子一粒一粒緩緩地落下。』

畫面中的男人以諄諄善誘的溫柔語氣說，表情就像個在教孩子寫習題的父親。

保存管理主體用手描繪出沙堆輪廓，畫面上立刻出現沙堆。一開始只有飯糰大小的小沙堆，接受不斷落下的沙子，變得愈來愈龐大。

『即使一開始只是小沙堆，不久將會成為沙丘。』

沙丘開始大得足以覆蓋桌子，男人的身影被沙丘遮住。

『但沙丘無法無限成長，崩壞終將到來。在某粒沙子落在上頭的瞬間，沙丘終究會崩塌。』男子說完，沙堆從右側開始崩塌，大量沙子灑落桌子底下。

『為什麼沙丘會崩塌？很簡單。因為有限的桌上無法承受無限的沙丘，總有一天會崩塌。想讓沙丘垮掉，不需要什麼具有強烈意志的特別沙子。只要沙丘無法永遠擴展，終究會有某顆沙子會引發崩塌，如此罷了。

你不必是個特別的人。你不必成為拯救世界的英雄或破壞車站的惡魔，只要發揮壓垮沙丘的最後一顆沙子的力量幫助我便足夠了。』

「我還是無法明白你的意思。」

尋人說：「我一直住在九十九段下的小小海岬，在那種彷彿留白處的小地方生活。我只是抱著想知道這個世界的模樣、想稍微改變自身所在的狹隘世界、想前進一步……的想法才來到這裡。」

短暫沉默後，如同水往低處流，尋人極其自然地伸出手來，緩緩地按下按鈕。

嗡嗡嗡……嗡嗡……

嗡嗡嗡嗡嗡……

飛蚊般的低頻噪音響徹房間，連房間本身也跟著震動起來。夾雜在嗡嗡噪音中，尋人一面聽著自己的呼吸與心跳，慢慢癱坐在按鈕之下。

6. 驗票器官 TURNSTILE ORGAN

連在甲府的圭葉也觀測到SuikaNET上有一波稍縱即逝的通訊異常。就像將小石子丟進平靜池水掀起的漣漪一般，那波雜訊呈現同心圓狀靜靜地擴展。

圭葉讓自己握有權限的SuikaNET節點間相互通訊，隨時監控橫濱車站整體的網路狀況。她所確保的節點數量比起菸管同盟時代只剩不到百分之一，分布範圍從京都到甲府，形成細長帶狀，同時也是她耗費整整一年的逃亡軌跡。

要新增能掌控的節點並不容易。她現已失去正規Suika，能用的計算資源都花費在保護自己的ICoCar系統上，值得信賴的同伴也已不在了。她現在能做的事只剩在這條細帶上收集情報，多少干涉自動驗票機的動作，並監視網路狀態而已。

短短幾秒間，網路上有一波像是在平靜池水裡丟入石頭般的雜訊擴展開來，等雜訊擴散到車站整體，又彷彿什麼事也沒發生般地恢復平時的通訊狀態。

同心圓的中心點正是42號出口。

「似乎起動了。」

圭葉對麥克風說。麥克風與計算機叢集連接，內部正在執行涅普夏邁主記憶體的模擬程式。

「我不知道你的公司為何要隱瞞這個場所，總之他抵達了。這次是我贏了。」

依然沒有反應。圭葉發現物理模擬器的能量值比一開始上升許多。也許是掃描精度不足，結構相當不穩定。

圭葉給尋人的終端機有即時傳送位置訊息的功能。他抵達42號出口幾十分鐘後產生漣漪，之後又過了好幾個小時，尚未離開那裡。

◆

『辛苦你了。在作為統合知性體僅存單元的橫濱車站消滅後，身為保存管理主體的我也會自動銷毀。唉，拖了這麼久，總算完成最後一項工作。』

頭上的顯示器傳來聲音。

『不過，真嚇了我一跳，安裝Suika的人竟然增加了這麼多。明明原則上領土一旦被奪取就要立刻奪回才是。』

「……什麼意思？」

癱坐在地上的尋人問，沒有回答。他抬頭望，畫面已然消失。伺服器群的散熱風扇停止，電燈也熄了。

整個空間變得幽暗而靜謐。

但不寒冷。完全包裹在車站結構中的這個房間，維持著和站內相同的溫度。然而，尋人卻渾身止不住顫抖，彷彿期望著讓身體熱量消耗殆盡，就此消失似地。

教授說逆相位遺傳界擴展到車站全體需要數年至數十年。至少不會發生這個房間立刻倒塌，無法逃脫的情形。

尋人依然動也不動。他害怕如果踏出腳步，會開始思考不該多想的事。

嘟嚕嚕，電子聲響起，沒聽過的電子聲。

本以為是房間裡的某個機械起動了，但背後的伺服器群並無動靜。不久，發現聲音來自背包。是圭葉的終端機。畫面顯示「語音通話來電中」。

『我現在使用的是短期路徑，沒辦法說太久，總之你快點離開那裡吧。』

尋人拿起終端機，湊近耳旁，聽見充滿雜訊的語音。

「圭葉嗎？」

『是的。你留在原地八小時了，為什麼不動？你被什麼抓住了嗎？』

「八小時？」

尋人看了終端機，現在是夜晚十點。從和保存管理主體說話，到按下開關為止，應該未滿三十分鐘才對。

他先深呼吸，接著說：「車站不久將會崩毀。這裡有消除結構遺傳界的設備，我按下了那個開關。」

『嗯，我透過終端機聽見你們的對話了。』

「其實妳早就全部知道了吧？關於這個地點的祕密……」

一陣沉默。

『並非完全知情，但大致能預測。我知道你所在的位置或許藏有對橫濱車站而言極為重大的、而且恐怕是致命的事物。』

「為什麼不告訴我？」

『如果我在甲府先對你說這件事，你搞不好就不會去那裡了。當時的你，恐怕沒辦法下定決心摧毀橫濱車站吧。但如果讓你在車站裡自由行動三天的話，也許會改變想法。我賭的就是這點。』

一陣沉默。

「妳真過分。」

『我說過了，我比任何人都更任性。為了達成自己目的，即使只有1％的阻礙我也會排除。』

「這五天來我明白了一件事，我不是妳這種會帶著強烈意志完成事情的人。我光是完成受人之託的事就已經……」

『別再扭扭捏捏地抱怨了！快逃吧！』

圭葉大喝一聲，打斷尋人的發言。尋人手上的終端機差點嚇得掉到地上。

『我說啊，對現在的我來說，你是我唯一的夥伴，讓你安全離開在我的作戰範圍內，我責無旁貸。』

一陣沉默。

接著，尋人倏地站起身來，拾起背包，邁出步伐。

穿過42號出口回到站內。站內狀態與剛才似無差異，冷漠的水泥牆依然無盡延伸。但現在尋人已無法將此灰色物體與聳立在九十九段下居民面前的永恆象徵等同視之了。

背負著摧毀車站的沉重選擇，現在新降臨在尋人腦海的，是難以擺脫的懊悔。

從故鄉遠道而來，尋人覺得自己根本一路被人牽著鼻子走，絲毫不具主體性。單純只靠著不具被Ｓｕｉｋａ的特性，利用別人給予的18車票和結構遺傳界消除器，做了別人託付的工作，如此罷了。沒有這些工具，他什麼也辦不到。

『你不必成為英雄或惡魔，只要發揮壓垮沙丘的最後一顆沙子的力量幫助我便足夠了。』

保存管理主體的聲音在腦中迴響。冷靜想來，這段話還挺瞧不起人的。自己不具特別力量，只是個宛如一粒細砂般微不足道的人。明明自己是想脫胎換骨才離開九十九段下。

『還聽得到嗎？按照之前我告訴你的計畫，接下來你直接南下，進入我控制的SuikaNET節點範圍。你先移動到那裡再說，我會讓路上的自動驗票機盡可能遠離你。』

終端機又傳來圭葉的聲音。

『短期路徑即將消失，我先關閉通話了。等你接近目的地再聯絡。』

◆

雖然雜訊很多，尋人開始行動的聲音也傳進在甲府的圭葉耳裡。

圭葉總算鬆了一口氣。18車票的期限是明早九點，還有十一小時。逃亡時間還算充裕。

自從「菸管同盟」瓦解後的四年間，不斷嚐到敗北苦果的圭葉，總算嚐到久違的勝利滋味。

她對麥克風說：「既然你們禁止提起『那個地點』，就表示至少在這個當下，你們並不期望車站的末日到來。我原本以為我們的目的相同，能夠合作，真是令人遺憾。」

她說話的對象是用模擬程式執行的涅普夏邁主記憶體。但因掃描精度不足，從昨天起一直都沒回答。

不過，這也在圭葉的料想範圍內。圭葉反而覺得靠著掃描精度不夠的模擬電路竟能進行溝通是種奇蹟。也許他原本就很愛說話吧。

「但這次是我贏了。那個裝置被起動了。因統合知性體的過錯而生的事物，終究被統合知性體的自我保存的功能所毀滅了。」

計算機叢集發出啾嚕啾嚕運轉聲。圭葉對麥克風說話並非想獲得回答。她只是想讓其他人聽見自己的話。

〉雪繪小姐不是如此。

「……？」

〉雪繪小姐認為，ＪＲ統合知性體生出結構遺傳界，是基於自己目的，完全是計畫性。

「你想說什麼？ＪＲ統合知性體有計劃地創造出現在這個世界？」

〉是的。雪繪小姐認為，統合知性體，是統治者，有必要時，趁著戰時的混亂，作

為橫濱車站，實行由自動驗票機的統治。

圭葉覺得全身血流似乎沸騰起來了。她很久沒產生這種對某事物的憤怒了。自從逃入甲府，僅餘的最後一名夥伴被自動驗票機逮捕的那時以來。

「不管你的主人再怎麼優秀。」

她眉心微皺，憤恨地說：「我也絕對不認同。」

◆

如圭葉所言，42號出口往南的斜坡上完全不見自動驗票機的身影。站內像這種視野開闊處卻不見自動驗票機蹤影的情況很少見。時間已是深夜，看不到其他行人，只有坡道下方遠處兩名穿站員服的男人朝上方走來。

橫濱車站中，只要是有一定斜度的坡道就會生成電扶梯。但電扶梯的斜度只有一種，因此當碰到斜度較和緩的坡道時，中途會生成平台來調整斜度。尋人現在所站的這道電扶梯上，也生成了好幾處榻榻米大小的平台，能像鬼腳圖般從這裡更換路徑。

那兩名登山的站員每碰到平台就會更換路徑，往尋人所在的電扶梯前進，明顯目標就是他。等兩人來到近距離處，尋人發現他們驚人地相似。身高、長相都相同。臉孔中性，看不出年齡。

尋人這幾天看過的站員多穿深藍色制服與帽子。但跟自動驗票機一樣，地區不同，制服也微妙有所不同。這兩人的特徵是腰部掛著一條紅色手帕。

尋人搭乘的電扶梯通往一個圓形平台，正中央有根巨柱遮蔽視野，電扶梯由呈輻射狀往四面八方延伸而出。兩名站員來到柱子之後。指著尋人似乎在討論什麼。也許他們疑惑尋人一個人深夜在深山之中究竟在幹什麼吧。仔細看，男人不只用手指指著尋人，手上好像還拿著某種金屬物體。發現這個事實的瞬間……

「砰。」

一道有氣無力的高音響徹布滿電扶梯的山坡。

尋人感到右腳迅速失去力量，令他失去平衡，在電扶梯上滾落，腰部重重跌在地上。搞不清楚發生了什麼事，右腳膝蓋以下部分火熱滾燙，低頭一看，褲子已染成赤黑。這時他才發現自己的腳遭到槍擊，錐心痛楚油然而生。

「什……」

因冷不防的劇痛而痛苦蹲下時，尋人被不停向下的電扶梯拋上圓形平台。兩名站員走到尋人前，低頭俯視。即使在近距離，尋人依舊無法分出兩人的差異，服裝也幾近一樣，唯一不同是有一方手持手槍型武器。

「別動，試圖逃跑的話，下次可就不會只打腳了。」

持槍男子面無表情地說。那應該也是一種電動泵浦槍吧，威力比攻擊涅普夏邁的長槍小得多。兩名站員無視腳部大量出血倒在地上呻吟的尋人，逕自對話起來。

「我的職責完成了，在此道別吧，之後的事就交給你了。」

說完，將手槍向另一個男子遞出。

「但你沒必要自己動手吧？為何不讓被我們拘捕的犯人動手就好？」

另一名男子說。兩人的聲音幾乎相同。

「那樣太不負責任了。我們身為車站治安維護者，必須對於自己的所作所為負起責任。」

「你的心態真是偉大。不過，確定真的是這個人嗎？」

「放心，方才已確認過了。ＳｕｉｋａＮＥＴ瞬間發生振盪，接著這名男子出現，他身上不具備Ｓｕｉｋａ，光這些條件就很充分了吧？」

「你說得太有道理了。」

持槍男一面交出短槍，一面轉頭張望。

「怪了，自動驗票機怎麼還沒來？」

「也許災禍已經傳播到此。」

「若是如此，那可就不妙了。」

「得確認一下才行。」

說完，男子用手槍對著圓形平台中央的柱子發射。「砰」有氣無力的槍聲響起，子彈命中柱子碎裂了。由碎片看來使用的應是站員制服上的黃銅鈕扣。柱子毫髮無傷。

「似乎沒問題。也許自動驗票機是因為某種理由耽擱了。」

「說不定是因為我們長年遵循正確目的和責任感執行任務，橫濱車站給我們特別待遇。」

「有可能。」

「若是這樣，這把槍應該還是由你持有才對。」

「不，我已經把工作託付給你了。就算自動驗票機有所耽擱，那也已經是你的。」

「可是……」

兩人開始相互承讓，看著看著，尋人逐漸分不清射擊他的是哪一個。

「你們到底是什麼？」

尋人大喊。彷彿這時才想起似地，兩人看著他說：

「哎呀，不是討論這個的時候。該怎麼處理這個人？」

「當然是帶他走。我不是為了懲罰才出手，而是因為上頭可能需要他，所以我攻擊腳部。」

「我明白了。時間拖太久的話狀況只會變得更糟。我帶他去42號出口吧。」

說完，站員依然面無表情地朝尋人伸出手。

「還能站嗎？如果你能自己走，我會比較輕鬆。」

不知為何，這兩個站員顯然把尋人當成敵人。他後悔自己沒更機警一點。從來沒想過站內會遇到帶有敵意的人物。

尋人握住站員伸過來的手，直接往自己方向用力一拉。男人驚叫應聲跌倒，另一隻手上的手槍也落地。尋人迅速撿起，但手槍裡沒裝填子彈。另一名站員試圖從背後奪槍，尋人使出渾身力氣將之拋出。手槍呈拋物線落在幾條之外的上行電扶梯上，被帶往山頂。

尋人撿起地上的背包，連滾帶爬地奔向柱子背後的電扶梯。只剩兩名站員留在平台上。

「他抵抗我們呢。」

站著的站員說，同時朝倒地者伸出手。倒地者握住站立者的手爬起，說：

「為何要抵抗？明明我們是基於正確目的而行動啊。」

「真不可思議。總之我去撿槍，就由你來追他吧。」

就這樣，一人登上上行的電扶梯，另一人朝反方向追趕。

尋人拚命逃跑，但中槍的腳疼痛難耐，不良於行。沒走過幾個平台，就被悠然漫步的站員追上。

「勸你別抵抗比較好。如果你在這裡攻擊我，你會被自動驗票機帶走。那樣會使我們無法達成正當目的。」

「等等，你們究竟是誰？你們不是站員嗎？」

男人露出不懂他問題的表情。

「我們回去吧。因為你沒有必要的行動，害我們離42號出口愈來愈遠了。時間拖得愈久，狀況只會愈糟。」

說完，抓住尋人的手。這時，男人背後突然有人影出現。本以為是另一名站員，結果是自動驗票機。自動驗票機對揪住尋人手臂的站員宣告：

『您在站內做出被禁止的暴力行為，被認定為Suika不當用戶。即刻起強制驅離橫濱車站。』

男人照樣面無表情地回答：

「是的，正是如此。我基於個人目的和責任而行動，所以沒有問題。」

自動驗票機用鋼絲綁住男子，接著對尋人說。

『使用18車票的顧客您好，車票有效時間即將結束。一旦到期，會立刻強制驅離，敬請理解與配合。』

說完，自動驗票機帶走男性站員，不，應該說他自願同行，登上電扶梯離開了。兩人遠離之後，只聽見電扶梯的運作聲，以及不絕於耳的「使用電扶梯的顧客，請緊握扶手」「請勿在電扶梯上奔跑嬉戲，或從電扶梯探出身體，以免發生危險」等廣播。

尋人一時之間仍止不住顫抖，等心情總算平復後，他撕裂上衣，當成應急繃帶替腳止血，接著繼續搭電扶梯往下，朝圭葉指定的位置走去。

◆

18車票的期限只剩一小時。

尋人確認現在位置。一旦18車票到期，自動驗票機就會立刻出現，把尋人放逐到「距離最近的站外」吧。在現在這個位置被逮到的話，將會永遠被關在西方三公里外只有等候室大小的狹窄空間裡，遊戲結束。

『我用系統讓自動驗票機盡量遠離你，但這樣做只能爭取一點時間，所以盡可能快點逃吧。』圭葉透過終端機說。

圭葉大致掌握了自動驗票機的行動演算法。他們的行動原理極為單純：盡可能均勻分布在站內，當發現入侵者或Suika不當用戶時，一定距離內的自動驗票機便會火速前往現場。雖然山區和市區的分布密度有差，基本原則都一樣。

自動驗票機的控制系統並非由程式人員所設計，而是結構遺傳界應SuikaNET之必要自行進化而成，所以不可能太複雜。

而圭葉製作的擾亂系統則是利用已掌控的SuikaNET節點，在指定位置週邊釋放已有許多自動驗票機在此的假情報。如此一來，真正的驗票機們會以為尋人身旁已有過多同仁，便會主動遠離。

但前提是尋人沒被自動驗票機視為排除對象。當18車票到期後，這招只能延緩自動驗票機出現。剛才站員被逮捕的過程已經證實這點。當然，這個系統也無法用於已被Suika認定為不當用戶的圭葉身上。

尋人幾乎感覺不到腳的疼痛了，但失血令他意識逐漸朦朧。距離圭葉指定的「目的地」仍有一段距離，看來趕不及了。被動地被電扶梯運送著，尋人睜著眼進入夢鄉。

他夢見剛到九十九段下海岬不久的教授。那時的他他頭腦清晰，但言語完全不通。

「教授，你從那麼遙遠的地方來，故鄉在哪？是站內？還是四國或九州？」

尋人打開地圖，教授指向地圖某一點，不知喃喃說著什麼。那是位於九十九段下北方不遠處。

「離我們這裡很近嘛。你說的奇妙語言是哪裡的方言？」

幾年後，教授總算學會尋人們的語言，卻換腦袋不清楚了。那時的他時常碎唸著：

「我在研究室，那裡很冷。」

尋人想，也許是因為在山上，所以很冷吧。他看過從SuikaNET挖掘到的關於一群男人挑戰雪山的電影。但現在想起來，橫濱站內即使是山頂，空調也很完善，不可能令人冷到發抖。

通知音效響起，把尋人的意識拉回現實。他坐在電扶梯上睡著了。看了背包，18車票的畫面冰冷地顯示「本票券已到期，感謝您的使用」訊息，緊張感傳遍全身。

抵達由42號出口一路延伸的下坡盡頭，來到平坦道路，離圭葉指定地點仍很遙遠。附近尚未見到自動驗票機的蹤影。尋人將18車票收進背包，取出通訊終端機。

「圭葉，是我，車票到期了，我來不及抵達那裡。」

『嗯，距離你最近的自動驗票機在一公里外的路徑上。我幫你爭取十分鐘，總之快點去目的地吧。』

「好。」

走了幾分鐘，終於擺脫山岳地帶九彎十八拐的羊腸小徑，來到平地的寬廣直線通道。見到寫著「往木曾」「往中津川」的看板。尋人根據終端機的資訊，朝中津川方向前進。

不久，前方幾百公尺處出現兩台自動驗票機，邊播放語音廣播邊朝向尋人而來。

『這位顧客，您的18車票已經到期，即刻起進行強制驅離，敬請理解與配合。』

同時，由相反的木曾方向也有兩台自動驗票機出現，邊發出廣播邊接近。

『18車票目前並無重新發行之預定。詳細內容請洽詢JR集團各大公司。』

尋人受到夾擊。

『沒辦法，直接朝中津川去吧，盡可能愈接近愈好。』

尋人遵照圭葉的指示前進。本想出其不意地從自動驗票機身旁穿過，但兩台自動驗票機以機械的反應速度阻擋尋人去向。

從九十九段下進入站內經過一百二十小時又十一分，尋人終於被四台自動驗票機包圍了。

『即刻起進行束縛。』

其中一台自動驗票機射出鋼絲，靈巧地把尋人五花大綁後，用雙手抱起。意外的是動作一點也不粗暴，對這幾天來不斷走路的尋人而言，這樣被帶著走反而落得輕鬆。於是，其他三台在將他抱起的自動驗票機身邊圍成三角形，開始前進。

『尋人，能聽見嗎？』

從右手握著的終端機傳來圭葉的聲音。事先把音量調到最大了。

「嗯，雖然沒辦法確認終端機畫面。」

『沒關係，現在往哪裡前進？』

「中津川方向。」

聽見圭葉鬆了一口氣。

『似乎勉強成功了。照這個路徑看來，你會被運到中津川的小站孔，中途會通過目的地。一旦聽到我的信號，你就全力攻擊，沒問題吧？』

「手能動，應該沒問題。」

『我會倒數十下。』

「好。」

自動驗票機完全不理會兩人的對話，繼續前進。它們不具能理解對話的知性，也不在乎尋人雙手所拿著的東西。

這時，圭葉在甲府店內確認尋人的移動路徑和目的地之間的相對位置。從東北往西南延伸的通道與作為目的地的路線呈三十度交叉。可容許的誤差為十公尺左右。SuikaNET的位置資訊偶爾有嚴重誤差，但現在只能相信了。

『快到了，準備好了嗎？』

「嗯。」

『……十秒前，九，八……』

尋人把左手握住結構遺傳界消除器，拇指緊貼著開關。輸出功率已事先調整到最高。電池殘量只剩百分之十六，打算瞬間一口氣用光。

『三，二，一，零。』

倒數為零的瞬間，尋人用調成最大功率的消除器照射自動驗票機腳下。宛如太陽般的強烈光線照亮了木曾．中津川通道。反射的光芒使得周圍牆壁天花板開始融解。地板水泥則完全融掉，還將底下樓層地板挖出大洞。

圍成圓陣的四台自動驗票機一同隨著尋人墜落。喀鏘喀鏘，四道機械碰撞聲響徹周圍。儘管一口氣跌落兩層樓，尋人幾乎不感疼痛，因為綁住尋人的自動驗票機在著地時巧妙地運用關節吸收衝擊力。

尋人掉落處傳來似曾相似的獨特溼氣與霉味。

「磁浮鐵路……原來也有通過這裡。」

尋人和涅普夏邁前往甲府時就是利用這個。那是在橫濱車站尚未擴張前、冬季戰爭前的高度文明時代由人類所建造巨型隧道。超導體物質具有阻隔結構遺傳界的性質，所以沒有被橫濱車站所吞沒。

『嗯，那裡算是橫濱車站外，所以自動驗票機不會繼續追緝你了。你只要一路向東，穿過名古屋，就能抵達伊勢灣。』

圭葉鬆口氣的聲音在隧道中迴盪。

墜落的四台自動驗票機之中，有三台即時旋轉四肢，吸收衝擊力道，平安無事地在隧道內著地。但綁縛尋人的那台手臂和脖子完全折斷，露出內部電線，彷彿上岸的魚，四肢顫動個不停。

多半是為了保護尋人，無法展開適當的姿勢控制程序吧。尋人一面覺得有些抱歉，從斷掉的機械臂解開纏住自己的鋼絲。

剩餘的三台自動驗票機彷彿尋找什麼似地，不斷揮動脖子或手腳，不久……

『位置資訊錯誤，無法實行驗票功能。』

『位置資訊錯誤，無法實行驗票功能。』

『位置資訊錯誤，無法實行驗票功能。』

順序不一地發出相同訊息，在隧道中變成異常響亮的回聲。

『終止驗票程式，轉移為一般模式。』

接著，三台機體同時往前趴倒，雙手觸地，做出類似跪拜的動作。頭部顯示幕彷彿成熟的果實般掉落地面，整體造型恰似方桌。

『開始進行一般模式的起始設定。這項設定需花費幾分鐘，請稍候。』

三台自動驗票機說完，手腳動作停止，體內開始發出奇妙的金屬傾軋聲，似乎在改變內部結構。

「等等，圭葉，聽見了嗎？自動驗票機的情況有點奇怪。」

『……聽見了。我有種不妙的預感，快離開那裡吧。』

尋人開始奔跑，但腳不聽使喚，只能用競走的速度逃命。

自動驗票機為了防止入侵或排除Ｓｕｉｋａ不當用戶而存在。但是，當它們自己離開站內時會變得如何？一直在站外生活的尋人一次也沒考慮過這個問題。一直覺得只要是它們所在之處，就是站內。

尋人離去的幾分鐘後，自動驗票機再度動了起來。

『正在與戰術節點建立連線……搜尋不到戰術節點。』

『正在搜尋衛星訊號……搜尋不到訊號。正在搜尋前往戶外的移動路徑……搜尋不到前往戶外的移動路徑。』

『搜尋不到上位命令系統指示。本機將轉換為防衛程序。』

『小隊中有一台被破壞，估計敵軍就在附近。』

『申請支援。向附近機體申請支援。』

三台自動驗票機維持四腳著地的姿勢，朝尋人逃跑的方向前進。

◆

圭葉所謂的「不妙的預感」，是她過去就擔憂過的問題。存在於橫濱車站各地的自動驗票機生產工廠構造上極端複雜，不可能是橫濱車站自行產生的。換句話說，和橫濱車站其他建築一樣，那是過去由人類所建造，被結構遺傳界吸收、複製的建築。

那麼，為何在橫濱車站以前就有自動驗票機存在？這種機體多半是為了其他目的而製造，被SuikaNET覆寫控制程式後，轉用於橫濱車站治安維持系統吧。缺乏計劃性，只懂得權宜變通地進化的結構遺傳界能生出自動驗票機系統的理由只有這個。

既然如此，自動驗票機原本的用途又是什麼？冬季戰爭中雖然有大量工業用機械被開發，大部分都不具有自行移動能力。此外，自動驗票機和人類一樣擁有四肢，不像是為了在車站的平坦通道上移動，而是為了能在地形複雜的環境下活動，比如說，戰場。

基於以上的推測，圭葉說：「這是對你……不，對雪繪小姐看法的反證。」

圭葉對麥克風說。麥克風連接涅普夏邁主記憶體模擬器。

「倘若橫濱車站是JR統合知性體計畫下的成果，就應該一併產生自動驗票機系統才對。那樣才能維持高穩定性。只能轉用人類設計的機械人技術，正好證明了橫濱車站的擴張違反統合知性體的意志。」

這同時也是圭葉長期蒙騙自動驗票機系統的心得。

圭葉對於自己的網路技術很有自信，但那只是相對於現代人而言。比起過往的冬季戰爭時期，或者更早的網際網路時代，她的技術不過是小兒科。連這樣的她都能隨心所欲操弄的自動驗票機系統實在稱不上高端。至少，不可能是遠高於人類智慧的知性體所設計的東西。

但是JR北日本的諜報員停頓了幾秒後，回答：

〉**有必要。請進行起動程序。傳送訊息。**

「……？」

圭葉一開始以為這段話是在回答她，立刻發現不對勁。這個模擬的人工智慧似乎主動想說什麼。

「起動程序？」

〉**那是ＡＡＴ相容線路。請快一點。訊號很不穩定。**

「ＡＡＴ相容線路？」

說起ＡＡＴ相容線路，圭葉唯一想到就是涅普夏邁和尋人來到甲府時利用的磁浮列車。他的電力用盡前的記憶，幾乎完整地儲存在短期記憶區裡。

〉**請傳送起動程序。請快一點點點點點點點**

「等等，你怎麼了？」

螢幕上的文字只顯示到這裡，不管圭葉說什麼也不再回應了。電腦本身仍在運作，但在模擬的涅普夏邁主記憶體已無法理解她的話語。

圭葉所掃描的涅普夏邁主記憶體精度不夠，隨著一次次的演算，數值誤差會逐漸累積，終將失去人工智慧的功能。

只要還原原始掃描檔，重新起動還是可以運作，但繼續長期耗費巨大計算資源，對她自身安全會帶來極大風險。這家店的計算機基本上是用來運算能支開自動驗票機的ＩＣｏＣａｒ系統的。

圭葉判斷繼續下去也沒有意義，關上模擬器。

『**發現敵人蹤影。**』

『警告，不停止就開火。』

背後不斷傳來自動驗票機的訊息聲，尋人一路奔跑。沒有電燈的隧道內一片漆黑。

在背後追趕的三台驗票機，雙手趴在地面，用四肢移動。尋人第一次看到自動驗票機會這樣移動。不知為何，覺得這種模樣反而自然。

槍聲響起，左側牆壁冒出火花。迅速回頭，三台自動驗票機正朝著自己而來。其中一台機體上打開艙口，伸出小型筒狀物體對準尋人。似乎是機體內藏的武器。其他兩台也打開艙口，但只露出內部機械結構，沒有武器。

『搜尋不到攻擊裝置。進行直接捕捉。』

『搜尋不到攻擊裝置。進行直接捕捉。』

沒有武裝的兩台同時發出訊息。另一台又掃射幾發後，說：

『可視光量不足，無法確認目標位置。使用紅外線檢測器。未裝備紅外線檢測器。』

又有幾道槍響。隧道右側，離尋人有點遠的位置被打出彈痕。自動驗票機似乎無法正確瞄準他。

過去不曾關注，尋人現在才發現，原來自動驗票機的動作意外地慢。機體配備厚實的金屬裝甲，使得驗票機的機動性不高，人類只要全力奔跑，就能輕易躲避。平時他們遍布橫濱車站，靠機海戰術來包圍目標。只要數量不多，即使是人類也有勝算。

但若要比耐久力就很難說了。尋人腳部中槍，自動驗票機則是不知何謂疲累。雖不清楚他們的動力來源是什麼，既然是軍用品，想必能在戰場上長期活動吧。

體力來到極限了，尋人趴倒在腳邊的金屬板上，下半身感到一陣冰涼。唯一有武器的那台自動驗票機每隔幾秒就開槍，準度奇差無比，在牆壁與地板留下無數彈痕。但隨著腳步聲接近，瞄準也愈來愈精確。

尋人想，自己也許會死在這裡吧。

自己是罪有應得。不僅害死許多人，還按下毀滅橫濱車站的開關。不出數年，那個叫逆什麼界的東西就會滲透車站全體，不正當地奪走站內人民的居所。

對站內居民而言，他無異是災厄的化身。尋人認為自己就算無人知曉地死在這個空無一物的隧道裡，也只是天罰罷了。

唯一的遺憾是背包裡的涅普夏邁的電子告示板。尋人想幫助他。早知道就把涅普夏邁留在甲府，託付給圭葉了。

慢著，比起站內的山區居民，我更擔心一台機械嗎？多麼沒有人性啊。而且也不夠機制。尋人忍不住笑出聲來。

抬起頭，三台自動驗票機其中之一已經來到能在黑暗隧道中能看見彼此之處。

『**警告，不停止就開火。**』

自動驗票機將槍口對準尋人說。

「我不是停了嗎？這台破爛廢。」

尋人坐在地上咒罵。

『**警告，不停止就開火。**』

自動驗票機用相同聲調再說一次。

「要殺要剮隨便你……」

「們」字還沒說出口，砰！震耳欲聾的聲音在隧道內響起。是彷彿能貫穿耳膜的巨響。

自動驗票機前半身被炸飛，鏘啷鏘啷地在數公尺外滾動。斷面迸射火花，黑煙裊裊升起。

膛炸？

尋人這時發現自己背後有另一道人影。原以為是來自隧道另一頭的自動驗票機增援，隨即發現那是人類。

一輛貨架上綁了長槍的小型機車上，坐著一名個頭矮小，年齡與尋人相若的男人。

他用槍口對準自動驗票機，問道：

「你是什麼？」

◆

久保利邊說邊取下射擊用耳塞。使用最大功率射擊時，他一定會戴耳塞，尤其是在回音嚴重的隧道更是需要。

「你是什麼？」

「是……是你救了我嗎？」

尋人忍耐劇烈聲響造成的嚴重耳鳴問。

「我只是個旅客，從遙遠東方的海岬來的。我靠18車票進入站內，來不及在使用期限內離開，為了逃離自動驗票機的追捕而進入這個隧道……」

「我不是在問這個。你是什麼？是人類？機械？還是鬼？」

「人類。」

尋人回答。

「我是……人類。」

聽眼前的男子這麼說後，利一瞬就對他失去興趣，轉頭確認前半身被破壞、從斷面之中露出電路和機械零件的自動驗票機。

「這也是自動驗票機？怎麼和我在海峽看過的模樣差這麼多。」

利喃喃地說。從斷裂的機體中露出紅外線瞄準器。這個裝置原本用來在黑暗中瞄準目標，但現在鏡頭卻朝向機體內側，也沒接上電路，以完全無用的狀態留在機內。

如同洞窟內的生物在進化過程中逐漸失去視力一般，自動驗票機也失去了過去曾經擁有過的功能。在橫濱車站漫長演進程序裡，驗票作業不必要的裝置也隨著逐漸退化，只留下痕跡。

「這是啥？真噁心。」

利以彷彿觸碰髒東西般的手勢將瞄準器扯下，迅速收集被子彈擊碎的金屬零件，回到機車旁，戴上耳塞，將金屬零件裝進長槍，瞄準接近而來的另兩台自動驗票機。

「這麼噁心的機械，全部打爛算了。」

砰！砰！

兩次爆裂聲，剩餘的兩台先後炸裂開來。即使目標在移動，利正確地擊中機身上的艙口。那裡裝甲較薄，只要一發就能使之停止活動。

尋人忍受嗡嗡耳鳴，了解到眼前這名男子使用的武器雖然和攻擊涅普夏邁的一樣是電動泵浦槍，但破壞力和精準度完全不在同一個檔次。

利露出作噁的表情，扯下第一架自動驗票機的電路，尋找堪用零件。

「雖不知道你是誰……多謝你的幫助。」

尋人點頭致謝。利仍戴著耳塞，聽不到他的發言，但大致明白他在道謝。

「所以我是在助人嗎？原來如此。」

利不顧尋人，自顧自地說著。他是在自言自語。他想起海昆黛麗琪曾說過的「就算說明你也不懂吧」那句話。

「我果然不懂啊，這樣做有什麼意義嗎？」

三天前，久保利在德島找到磁浮鐵路入口。這條線路原訂從大阪通往神戶，跨越淡路島抵達四國，但因戰況逐漸激烈，只好終止計畫，只剩入口暴露在外，埋沒在森林中的小山丘背後。

隧道內有平坦道路，也有電力供應，行駛起來無比舒適。

雖然幾乎沒有植物能當作食物，只能刮取隧道內的青苔，用觸媒壺分解來喝。若忽視這點，這恐怕是利目前為止的人生中最舒適的地方了。沒有其他人，路無止盡地延伸。

總覺得和自己想去的外太空有點相似，利想。

就在這時，突然遇見一名人類和三台自動驗票機，難免使他心情不愉快。

ＪＲ福岡海峽防衛戰時，偶爾能從射出的聯絡通道中回收掉落的自動驗票機。軍事部門將那些機械移送到技術部門，由他們徹底檢查內部結構。利每次都覺得，真想看看是怎樣的傢伙才會設計出這麼噁心的東西。不，其實一點也不想看。

當然，這不是人類設計的結果。最初的版本或許是人類設計的，但在結構遺傳界重複著權宜變通的進化策略後，邏輯性逐漸消失。

有個詞叫做恐怖谷。指的是機械人的外觀愈接近人類，愈能讓人類產生好感，但在變得完全與人類相同前，卻有一個區段會使人類的好感度驟降。

利一開始就對人類沒好感，所以他對機械人造型並沒有所謂的恐怖谷存在，但對機械的設計卻有。站內的自動驗票機對他而言正是最噁心的一種。

至少不是想在如此愉快的隧道中遇見的事物。

如果是和機械少女之類令人開心的事物走在這個美好的隧道裡，不知該有多愉快啊。

「喂，你。」

利對尋人說。臉雖對著尋人，卻心不在焉。

「既然我幫了你，給我一點東西作為回報吧。最好是食物。」

「嗯，好。等等。」

尋人打開背包。他乾糧本來就有多帶，也吃過幾次外食，所以還挺充裕的。

在他翻找背包時，不小心讓某個機械掉在地上。是涅普夏邁的電子告示板。告示板在略有坡度的地面滾著滾著，來到利的腳邊。

利拾起告示板。

「抱歉，請還給我，那是我的朋友。」

尋人邊說邊覺得自己說了一句莫名其妙的話。利沒理他，仔細觀察電子告示板構造，打開外蓋，見到涅普夏邁的主記憶體，旁邊刻著小小的ＪＲ北日本的狐狸標誌。

「喂，這是怎樣？」利說。

「妳能聽見嗎？這次不只腳，整副軀體都被破壞了嗎？唉，真拿妳沒辦法。」

電子告示板沒有反應。剩餘電力早已用罄。

「喂，這傢伙的軀體在哪？」利問。

「遭到站員槍擊，被站員們帶走了。」

聽他這麼說後，利首度看了尋人的臉。

「在哪？」

「鎌倉。」

利用終端機叫出地圖，確認鎌倉的位置。當他發現那在關東地區時，微皺眉頭地說：

「太遠了吧……也罷，就再幫妳一次吧。這個地點是在站內嗎？真麻煩。算了，船到橋頭自然直。」

「你能救他嗎？」

尋人問。利沒有回答，直接將電子告示板放進機車置物箱裡。

「吶，如果你願意救他，這個也拿去吧。這原本是他的東西。」

說完，遞出電池用盡的結構遺傳界消除器。

「還有這個。我和他約好，用完的話就要送他。」

接著又遞出18車票。利默默收下，仔細端詳這兩件物品，一臉「好歹比眼前的傢伙更有意思」的表情。

利沉默地將筒狀物體與終端機一起放入置物箱，發動機車馬達，朝尋人來的方向前進。

機車很快就從尋人的視野中消失，四周恢復寧靜，只剩三台倒地的自動驗票機。

雖不太清楚是怎麼回事，但狀況應該有所好轉了吧。關於涅普夏邁的事，只能相信那個男人了。不知為何，尋人覺得自己似乎能全面信賴那個相遇三分鐘不到就離去的男子。

隧道遠方又見到光芒，似乎又有什麼物體從遠處逐漸接近。

『搜尋不到上位命令系統指示。本機將轉換為防衛程序。』

『小隊中有一台被破壞，估計敵軍就在附近。』

熟悉的女性合成語音。是自動驗票機。逃脫時墜入隧道的四台驗票機明明都被破壞了，竟然還有追兵。

背包中僅餘的圭葉的終端機無情顯示著「收不到訊號」。磁浮鐵路隧道深入地底，接收不到站內的ＳｕｉｋａＮＥＴ電波。

這時，尋人發現底下顯示「您有一則新訊息」，確認接收時刻，似乎是自己掉落隧道後不久收到的。

〉磁浮鐵路起動用處理程式

〉如果拿到ＡＡＴ規格傳輸線（端子形狀請參考圖片），用那個連接終端機和車輛，並起動附件程式，２Ｋ

內容極度簡潔，不過大致能明白圭葉的用意。只要在隧道裡找到和涅普夏邁一起前往甲府時的「車輛」，並用終端機連接，就能起動。圭葉應該就是考慮到這種情況才寄送程式的吧，真是細心。

如此一來，問題只剩傳輸線。在空無一物的隧道裡，若說有地方能獲得線材，恐怕只有眼前的自動驗票機吧。

尋人走向斷成兩截的自動驗票機下半身。在黑暗的隧道中難以看清是否端子是否正確，便從被打穿的艙口中只要是線材就統統拆下，塞進背包裡。

潛入站內的五日來，一切都是未知體驗，翻找自動驗票機體內的異常感讓他幾乎快昏倒。過去是曾是阻礙可能性的象徵，現在卻成了活命的手段。

背包裡塞滿黑色線材，尋人聯想到圭葉的日式櫥櫃。這麼多條，總有一條合用吧？後續只剩尋找「車輛」了。尋人邁出腳步。

從聲音聽來，前來支援的自動驗票機仍有段距離，但明顯衝著他來。對驗票機而言，尋人可說是殺父仇人，它們無論如何都想在這裡解決掉吧。

尋人切身感受著車站的敵意，決定堅強地活下去。

◆

利繼續驅車前進，隧道內逐漸明亮起來。天花板破了一個大洞，燈光從中洩漏而出。

「這是怎樣？發生爆炸事故嗎？」

抬頭看洞口，沒看到熟悉的藍天，只見寫著「往中津川」「往木曾」的告示牌。這裡是橫濱車站的正下方。

這是利有生以來首次見到站內。

至少沒有在德島見過的剛形成不久的車站結構的噁心感。已經完成的結構和那個究竟有何不同？或許是因為在久遠的過去，這些結構也是基於人類理性所設計而成的吧。

但話又說回來，為何會破這個大洞？想將含有結構遺傳界的車站打出這種大洞，需要極強大的火力。難道站內存在著足以與ＪＲ福岡匹敵的武裝勢力？軍事部門若是得知這件事，肯定會鐵青著臉吧。有幾台自動驗票機在洞穴邊緣徘徊。它們想按照移動演算法行動，卻因通道被擋住，進退維谷。

利想，既然目的地是鎌倉的話，最終而言還是得進入站內，該趁現在從這個洞口入侵嗎？

但在通道狹窄又有許多高低差的站內，機車不是理想的移動方法。他也想不到有什麼方法能把近一百公斤的車體抬上去。碰上這種情況，果然還是小型二足步行的機體方便。那是一種很合乎邏輯的設計。

利低頭，發現腳邊有一台手臂和脖子斷裂的自動驗票機，被鋼絲纏住手腳，動彈不得，似乎仍在發出語音訊息。利豎耳傾聽，似乎在說：『申請支援。向附近機體申請支援。』

就在這時，上頭兩台自動驗票機同時掉落在磁浮鐵路隧道中。它們發出沉重的金屬聲，在隧道著地。

『位置資訊錯誤，無法實行驗票功能。』

『位置資訊錯誤，無法實行驗票功能。』

『終止驗票程式，轉移為一般模式。』

『終止驗票程式，轉移為一般模式。』

『開始進行一般模式的起始設定。這項設定需花費幾分鐘，請稍候。』

接著往前方趴倒，頭部顯示幕掉落，轉變為彷彿桌子般的四腳著地模式。

「不妙。」

利咕噥一聲，望向上方。似乎又有其他自動驗票機靠近了。看來那台半毀的自動驗票機會不斷向站內求援，當它們掉落磁浮鐵路隧道裡時，就會轉換成「一般模式」。

「雖然不清楚，繼續待下去應該很不妙，先逃再說吧。」

利立刻發動機車。在黑暗中無法太快，但只要達到時速三十公里，便足以甩開自動驗票機。

為了最終能抵達鎌倉，必需在某處侵入站內。不知是否有機會能在某處找到活體電器業者安裝Ｓｕｉｋａ。這是他有生以來第一次想安裝Ｓｕｉｋａ。

問題是，他沒有足夠價值的東西可交換。長槍他是絕不會放手的，機車在站內也沒有價值。話說回來，不知是否有方法能不必侵入站內就奪回軀體？

「總之我一定會救妳的，海昆黛麗琪。」

這時利才想起，剛剛忘了向那個怪人討食物。算了，反正也不重要。

◆

同一時刻，海昆黛麗琪人在和歌山。在德島和利道別的三天後，她從淡路島經由神戶，沿著大阪灣南下，來到紀伊半島。

『海昆黛麗琪，聽到請回答。』

ＪＲ北日本總公司責任技官歸山的聲音經由ＳｕｉｋａＮＥＴ傳來。並非振動空氣所發出的聲音，而是以資料形式直接輸入海昆黛麗琪主記憶體。她差點就開口回答，隨即發現並非即時通訊，而是一口氣送過來的語音資料。

『昨天中午左右發生奇妙現象，所以通知妳一下。雖然只有極短的一瞬，在車站整體觀測到不曾見過的波形的雜訊。一開始以為是地震，但物理感測器並沒有偵測到。這說不定是發生什麼天災地變的前兆，最好留心一點。我們也在可能的範圍內確認自動驗票機的變化，目前尚未有異常行動。關於免疫記憶（immunological memory）也沒有問題。但妳還是盡快確保能出海的路徑吧。完畢。』

確認傳送時刻，是三小時前發出的訊息。目前JR北日本尚未充分掌控紀伊半島的SuikaNET節點，無法進行即時對話。應該說，她就是來掌控節點的。

「我是海昆黛麗琪。現在我已抵達和歌山。這邊尚未有顯著異常。音聲或其他感測器也沒觀測到特別反應。我會盡量當心，持續進行掌控太平洋沿岸網路節點的任務。完畢。」

海昆黛麗琪覺得與總公司進行業務上的聯絡時，不必動嘴就能說話很方便。和人類對話時，得一字一句發出聲來，並配合口形。她很不擅長這麼做。愈覺得必須對嘴，就愈容易產生偏差。

真虧涅普夏邁那傢伙能那麼巧妙地長篇大論，海昆黛麗琪從輔助記憶體中找出他說話時的影片，仔細確認，發現他講話也微妙地有所偏差，但他總是毫不在意地侃侃而談，反而不細看就難以察覺。發現這個事實後，海昆黛麗琪又覺得煩躁起來。

再度進入站內的這三天以來，一直四處移動，目前腳尚未出問題。不禁想，那個JR福岡前員工真的是很厲害的技術人員。

◆

地面發出鏗鏘聲，在隧道吵鬧迴響。和增援的自動驗票機尚有一段距離，覺得喉嚨乾渴。

尋人邊走邊從背包中取出水壺，發現水壺是扁的。打開蓋子，發出噗咻聲，隧道內的空氣衝入水壺裡。

上次打開水壺是在離開42號出口前。接下來完全沒喝水，一口氣下山。

「原來如此。」

尋人喃喃說，想起當時感覺到的不正常的呼吸困難。

「原來是氣壓的問題，山上空氣本來就很稀薄。」

說完，喝了一口水，輕聲笑了。

很久以前，忘了是教授還是村裡的大人曾對他說「富士山頂氣壓低，會讓人呼吸困難，水也容易沸騰」，沒想到自己竟然有機會實踐這個知識。在這個陽光和雨都照不到、氣溫變化極少的橫濱車站層狀結構底下，只有氣壓仍忠實地依循自然界法則變化。

看了腳下的金屬板。原本以為地面不鋪水泥，改用金屬了。隨即想到，這應該是移動到甲府時使用的「車輛」吧？

來甲府時搭乘的是只有一張榻榻米大的小型車輛，這個明顯長得多，似乎能應付大型貨物運輸。尋人打開前方的蓋子，似曾相識的端子群出現了。一根根確認撿來的連接線中是否有端子吻合的傳輸線。四足步行的自動驗票機的腳步聲和槍聲逐漸接近，尋人不知為何不怎麼在乎了。他有種強烈自信，自己接下來一定能夠成功逃離。

將最後一條傳輸線上下翻轉，總算連上圭葉的終端機，接著起動終端機程式，大量黑底白字流逝，金屬板悄然浮起一公分左右，無聲無息地往前方加速。

空氣猛烈地打在臉上，耳旁風聲咻咻。緊握的金屬板深陷指節之中，只聽見背後自動驗票機的槍聲迅速變小。

幾十分鐘後，眼前的金屬板開始劃出水花。一瞬以為是隧道內有積水，很快發現是隧道本身穿入海中了。這種氣息令尋人感到非常熟悉。是進入橫濱車站後，睽違五天的海洋氣息。

◆

由於名古屋在冬季戰爭時代持續受到重力攻擊，整座城市下陷了二十公尺。過去曾是三大都市之一的此處，現在卻是地上八層樓以下的部分全部沉淪在伊勢灣海底。

但諷刺的是，因為碰上這場災難，反而使得原本的都市樣貌能保留至今。海水阻止了結構遺傳界的侵攻。

東京或大阪的建築被結構遺傳界吸收，成為橫濱車站的一部分，變成與當初設計者所想定的截然不同的面貌。名古屋是唯一保留了橫濱車站侵蝕前樣貌的本州都市。

伊勢灣週邊地區充滿想一親這座古代遺跡芳澤的遊客。但看到這些冒出海面數百公尺的廢棄高樓群，很少人相信那是出自人類之手。生活於橫濱車站的人們無不認為建築物是自然生長出來的。

觀光客只從站內遠眺這座都市，不會搭船接近。站內居民本來就討厭外出，且建築也有崩塌的危險。因此，發現被海水打上爬滿藤壺的廢棄高樓九層樓處的尋人的，是在伊勢灣活動的非Ｓｕｉｋａ用戶的一對兄弟。

「喂，那邊那個傢伙，你還活著嗎？」

聽到遠處的呼喊，尋人恢復意識。接著聽見小艇馬達聲，回頭，兩名男子朝他行駛而來。

「大哥，別管他了。這傢伙一定是放逐者。和站內人士扯上關係沒啥好處的。」

「別說蠢話，在站內長大的傢伙膚色哪有可能那麼黑。他一定是從別的海域被沖過來的。」

「這附近沒聽說有外海人能穿過海峽而來，別管他了啦。」

「說不定是來自尾鷲的間諜。最近那群人似乎想挑戰我們的權威，得確認才行。」

雖然弟弟心不甘情不願，決定權在哥哥身上，小艇駛近廢棄大樓。

名古屋水軍（他們自稱如此）是以伊勢灣為中心活動的非Suika用戶團體。灣內離島或知多半島前端上到處都是人類居住地。雖然和九十九段下相同，他們也仰賴橫濱車站的廢棄物過活，但人口規模整整有三十倍之多。回收的食品、工業材料和資訊機器等會被發配到各地區進行修理或加工，具有高度發達的分工系統。

兄弟首先把尋人帶往他們的根據地——神島，讓他見頭目。水軍頭目是個肌肉結實的五十來歲男子。不只站內，就連在九十九段下的漁夫中，尋人也沒看過這麼魁梧的男人。

頭目一點也不相信尋人所說的靠「18車票」穿越站內的說詞。在站內取得的物品中，電子告示板、18車票以及結構遺傳界消除器都給了那個機車男，而圭葉的終端機則隨著磁浮電車一起沉入海底了。

這時尋人突然有個疑問，圭葉說過「SuikaNET上到處都找不到關於磁浮鐵路的紀錄」，既然如此，她又是如何取得那個起動程式的？尋人大感不可思議。但畢竟是圭葉，肯定有許多尋人所不知道的知識吧。

結果，雖然名古屋水軍們不相信尋人穿越站內而來，當他說起故鄉在三浦半島九十九段下海岬時，頭目允諾會送他回去。

「我們也想把活動範圍拓展到東國。目前我們的交易範圍頂多只到伊豆半島，更遠就沒有往來了。」

水軍頭目懷抱著成為統領橫濱車站太平洋沿岸共主的野心，已將據點拓展到紀伊半島。照顧這位漂流者也是為了尋求把勢力範圍擴大到東國的契機。

但是，尋人請求在那之前先讓他留在這裡一段時間，理由是他想學這裡種植芋頭或南瓜等農作物的方法。

「為什麼？你的故鄉人口不多，靠站內物資就夠你們生活了吧？我們雖試著推行農業，生產效率實在難以說高啊。」

頭目問。尋人回答：「因為將來會派上用場。再過不久就無法從橫濱車站取得物資了。」

「為什麼？」

「橫濱車站不久之後將會毀滅。」

頭目以看怪東西的眼神盯著尋人的臉，他身邊的親信面面相覷，低聲說道：

「這傢伙腦子是不是有問題？」

「也許被站內居民虐待了。」

但頭目最後還是同意了他的請求。

九十九段下的農業是在極端資訊不足的狀態下摸索出來的。從ＳｕｉｋａＮＥＴ能取得的工業技術資訊雖多，農業資訊卻毫無用武之地。因為站內的糧食生產全部採用高度控管的人工照明水耕栽培方式。

右腳的傷痊癒後，尋人暫時留在渥美半島從事農業。雖然以水軍整體而言規模不大，但相較九十九段下可說是相當成熟的農莊系統。就這樣，等尋人搭上往東方的船時，已是近一年後的春季。

尋人歸鄉前有先用信件聯絡，真紀來到九十九段下前端的海岬處迎接他。

「還以為你不回來了。」睽違一年的真紀面無表情地說。
「我說過我會回來。」
「原本預定去五天，卻變成一整年毫無音訊，任誰都會這麼想吧。」
「抱歉。不過我真的碰到許多事，有機會再說吧。先不談這個，海岬最近如何？教授還好嗎？」
「他死了。」
「死了？什麼時候？」
「你出發的一週後。因為他一直沒起床，便去看看狀況，結果他好像在睡夢中死了。死因不明，也許是老衰而死。」
「……喔。」
回到海岬後，村民們都很想聽他在站內的冒險故事，當天晚上便利用集會所，把五天來在橫濱車站中的見聞說給眾人聽。最後，尋人語重心長地說：
「橫濱車站不久的將來就會消滅。」
海岬居民不明白何謂結構遺傳界，因此尋人用「因內部過度老舊，開始崩壞」來解釋。至於自己按下毀滅開關的事，他打算永遠放在心底。
接著宣傳糧食生產的必要性，解說從名古屋水軍帶來的幾種農作物。九十九段下的居民雖不相信（應該說無法理解）「橫濱車站會消失」一事，大多同意從事糧食生產的必要性。九十九段下的人力過剩，許多年輕人閒得發慌。

尋人也去見在「花圃」生活的洋介。見到登上只有下行的電扶梯的尋人時，洋介只淡然地說了句：「什麼？你居然還活著？」比起一年前，洋介似乎又更胖了。

接著他又指著背後排成一列的自動驗票機，調侃道：「既然你從車站入口進去，就該從入口出來才對吧？」擋住入口的六台自動驗票機，以和一年前尋人拿著18車票進入時完全相同的姿勢靜靜待命。

「最近SuikaNET有變化嗎？是否變得不穩了？」尋人問。「有時能連上，有時斷線，一直都很不穩定。」洋介回答。

沒有Suika認證的洋介無法主動存取。他唯一能做的，只有撿拾從SuikaNET洩漏的封包，將之重新組成資料。

不知圭葉是否還在甲府。真的沒有方法把自己平安回故鄉的消息傳達給她嗎？

教授被火葬後，遺骨灑在大海。九十九段下沒有土葬的習俗，只保留一張照片收在集會所的相簿中。照片似乎是他剛來九十九段下時拍攝的，臉龐比尋人記憶中年輕得多，和在42號出口見到的JR統合知性體保存管理主體那張臉一模一樣。教授住過的房子現在是由一年前結婚的夫婦與嬰兒一家人居住。在慢性土地不足的海岬上，關於教授的記憶已經逐漸消逝。不同於吞噬了數百年的記憶、無窮盡地擴張的橫濱車站，記憶在自然界的土地上不會保留太久。

回海岬後過了幾天，原本覆蓋水泥的白富士，一夕之間已整片染成電扶梯的黑。這是漫長梅雨季節結束，夏日即將來臨的信號。富士山的標高又會提升了。

雖不知還能看幾次這種景色更迭，總之現在必須好好準備，以面對橫濱車站的消滅。

終章

包覆JR福岡關門海峽前線基地的抗結構遺傳界聚合物早已超過開發者想定的耐用年數，到處產生裂痕。裂開處受到日光直射而膨脹，使得基地整體看似被巨大闊葉樹所覆蓋一般。

不編列替換預算的理由有二。第一是海峽防衛戰的重要性年年降低，第二則是有更重要的作戰正在進行，預算都挪到那邊了。

「腫瘤的狀態大概像這樣。」

在基地某一室，情報部門的大隈指著顯示在桌上的地圖說。他胸口別著代表公司內部階級的徽章，顯示他的地位遠比同時期進公司的人們更高。因為這五年來的情勢變化，情報部門的重要性大增，尤其是大隈所屬的SuikaNET監視小組更是如此。

「幾乎是呈同心圓狀擴大。擴大速度不固定所以不敢打包票，不過快的話一個月，慢的話約半年就會抵達海岸邊了。」

被顯示SuikaNET通訊狀態的網狀地帶所覆蓋的本州地區之中，代表網路不通的黑色地帶正以木曾山脈為中心逐漸擴大中。

「所以說，SuikaNET很快就會分斷成東西兩邊。」

爬上近乎軍事部門總指揮立場的川上如此說。

「是的。事實上，東西兩邊已無法順利通訊了，傳送資料能有一半送達就算很不錯的。」

「原來如此。看來發動作戰的時刻接近了。」

說完，川上在終端機螢幕上顯示「八咫烏作戰　企劃書」封面給大隈看。

「社長也已下令。只要網路一分斷，我軍立刻朝橫濱車站進攻。」

「喔喔，總算要動工了嗎？」

「根據第四次調查隊的報告，腫瘤內部已經被部分武裝勢力所割據，上頭判斷最好等混亂狀態較為平息再說，現在終於下達許可了。」

所謂的「腫瘤」，是指五年前發生於中部地方，因SuikaNET通訊功能失常，導致自動驗票機無法管理治安，以及部分建築物發生崩塌的異常現象之總稱。原因不明，只知範圍逐漸擴大，現在橫濱車站整個中部地方都覆蓋在「腫瘤」之下。

過去也曾觀測到因為地震或火山爆發，造成橫濱車站短期局部產生異常現象，但很快就會從周圍修復回來。然而，像這次如此長期且大規模的異常，可說是橫濱車站有史以來首見。

由於自動驗票機已無法正常地進行Ｓｕｉｋａ認證，因此ＪＲ福岡也數度派遣調查隊進入腫瘤內部。根據回報，腫瘤內部已陷入類似四國的混亂狀態。原本完全禁止暴力的站內，一旦失去自動驗票機的控制，彷彿翻開庭院石頭時爬出的蟲子般，有大量武裝勢力出現了。

初期的混亂狀態經過幾年後，現在中部地方已由幾個大型武裝勢力所割據。有大量囤積走私武器的站員集團、以山岳地帶為據點的土匪團，以及來自海邊的非Ｓｕｉｋａ用戶集團等等。

「上頭不怕拖太久會有集團統一中部地方，抵抗我們入侵嗎？」

「不必擔心，他們用的大多是舊型武器，和數十年來抵抗橫濱車站的我們相比，火力根本無法相提並論。」

他們兩人知道在站內流通的武器，大多是ＪＲ福岡逃兵帶去的走私品。但那頂多是用來維持九州治安的對人武器，更決定性的戰力——足以破壞結構遺傳界的武器——則是被森嚴地保管在一介士兵無法觸及之處。

「說得也是。若說有能與我們對抗的勢力，恐怕只有北方那幫人吧。」

大隈指著地圖最北邊說。

「嗯，這也是等候網路東西分斷的理由。JR北日本的資訊處理能力比我們更高一籌。若是網路還能連通的狀態，我們這邊的動態很可能被看得一清二楚。」

大隈很清楚這個這個道理。北方人恐怕已成功解讀JR統合知性體的記述語言了。取得統合知性體所保有的知識的他們，完全無法預測擁有何等程度的能力。

「JR北日本與我們為敵的可能性有多高？」

「我也不知道。當然，我們還是有機會攜手在橫濱車站的中心地豎立JR的旗幟。畢竟我們原本是系出同源的國營企業。但我唯一能說的是，由人類漫長的歷史來看，從來沒有長期分立的組織能對等地統一。」

川上說完，大隈輕聲嘆氣，伸手拿出紙袋裡的瘦馬(註2)，啜飲一口紅茶。雖然比起五年前，聚合物的化學味已減輕許多，但川上還是無法理解這個男人何以能毫不在乎地在這個長年骯髒的基地裡進食。

「入侵車站時也預定派遣許多情報人才。有鑑於你的卓越能力，上頭有人打算派你當隊長，你的意見如何？」

「喔？真是光榮。我的確對這個的實際狀況很有興趣。」

註2　大分縣的特產，寬麵條裹上糖粉與黃豆粉做成的點心。

大隈用茶匙指著地圖上的「腫瘤」說。

「但還是讓我辭退這番美意吧。我喜歡用腦，但不喜歡動身體。如果明白發生原因的話再告訴我吧。」

ＳｕｉｋａＮＥＴ發生通訊異常時，ＪＲ福岡率先想到的是站內居民進行的人為破壞行為。ＪＲ福岡聽說過去有個組織叫做「菸管同盟」，他們曾經完全掌控京都周圍的ＳｕｉｋａＮＥＴ，甚至成功控制了自動驗票機的行動。

然而在某一時期後，他們突然失去了對網路的掌控，之後的下場如何就不清楚了。只是，這個假設很快就被推翻，因為以掌控網路為目的的組織沒道理消滅網路本身。

接著猜測的理所當然是ＪＲ北日本。他們握有能讓結構遺傳界消滅的技術，而且也實用化了。北方人或許在橫濱車站的中心地帶展開某種攻擊了吧。但以防衛青函隧道為目的的他們突然對本州的領土產生興趣並開始進軍本州的這個假設，被在不斷擴大的「腫瘤」中幾乎看不到ＪＲ北日本人員的事實給粉碎了。

大隈偶爾會想，技術部門的久保利在五年前失蹤，「腫瘤」則是發生於他離開的幾個月後。他說要去四國之後就斷了音訊，這個異常現象說不定和他有著某種關聯。

他的確很有可能幹出這種事。大隈腦中浮現久保利不與人視線交會地喃喃說著「因為實在太噁心，所以我毀了車站」的模樣。

「但你留在這裡也很難有出人頭地的機會。橫濱車站今後將會持續縮小，沒人知道海峽另一頭的網路還能維持正常多久。對專門解析ＳｕｉｋａＮＥＴ的你而言，留守在九州肯定很無聊吧。」

川上說。大隈冷笑回答：「反正我們情報部門沒有發言權，我對半吊子的出人頭地沒有興趣。不管我們得到多少成績，上頭還不都只會算在軍事部門身上？我們的長官個個都是軍火迷啊。更何況，我還有其他事要忙呢。」

大隈瞥向地圖東南部，那裡描繪歐亞大陸東岸的輪廓線。ＪＲ福岡的年輕員工有不少人對「大陸」感到興趣，川上也知道大隈在背後默默支援他們。

ＪＲ福岡的社規禁止航行到海外。去年，軍事部門有人隱瞞上層策劃渡海計畫被發現而受到懲處。但現在也仍有不少被稱為「大陸派」的勢力在暗中活動。

橫濱車站的末日即將來臨。當這個事實逐漸明朗時，幾乎所有人都提議ＪＲ福岡應該去本州搶下新統治者的寶座，只有少數勢力認為反而應該趁這個機會前往海外開墾新天地。

有個技術部門的研究人員把橫濱車站稱為「人類培養裝置」。透過完全控制的物質和能源循環，培養出遠高乎地球上任何一個地區的人口密度，達成在這個化石燃料枯竭的現代所難以企及的水準。

假如橫濱車站真的完全崩壞，這個列島將無法支持如此大量的人口，屆時會有眾多人民死於治安惡化吧，過剩的人口也會想盡辦法遠渡重洋吧。

現在並沒有可靠資料顯示，冬季戰爭末期難以住人的東亞沿岸在經過幾個世紀的淨化後，土壤狀態恢復到什麼程度。有人認為內陸地帶的人民已開始民族大遷徙了。日本列島的人民若想在這場爭奪戰中勝出，有必要提早完成準備，才能取得優先權。但ＪＲ福岡卻把進軍大陸視為一種逃避「保護居民不受橫濱車站侵蝕的使命」的行為，深惡痛絕。

制度疲勞——大隈對高層的這種態度只有此一感想。長期和橫濱車站的戰爭，已將ＪＲ福岡變成只知專心優化此一目的的組織，失去了其他的可能性。等到橫濱車站完全崩壞時，這個組織恐怕也會失去存在理由，一起毀滅吧。

「人老會死，橫濱車站也一樣，而這個社會亦是如此。想活著就得世代交替才行啊。」

大隈一面嘟囔，一面摸索裝瘦馬的紙袋，一個都不剩了。他對川上說要去買點東西，走出基地，恰好是日落時刻。海峽對岸的橫濱車站的白色水泥在晚霞映照下閃耀著紅色光輝。他不禁覺得，雖然是敵人，倒是挺有風情的。

這幾年，橫濱車站幾乎不再射出聯絡通道了。從腫瘤處逐漸擴大的老化現象，似乎也對這個末端地區產生某種影響。水泥的代謝似乎也開始趨緩，到處可見斑駁舊化部分。

但看在大隈眼中，包裹在到處是龜裂的抗結構遺傳界聚合物的前線基地也相差無幾。橫濱車站和ＪＲ福岡歷經長年的戰鬥後，兩者變得愈來愈相似，不久的將來恐怕會一起被歷史淘汰吧。當大隈出神地想著這些事時，夕陽已緩緩沉入遠方大陸的地平線。

貨幣

實體貨幣在站內並不通行。站內居民不管食衣住行都使用 Suika 支付。因為是電子貨幣，所以沒有最小單位。原本的單位是「圓」，但隨著通貨嚴重緊縮，現在一般使用的單位是「毫圓」。

關於橫濱車站外的地區，在日本政府因車站擴張而消滅後，各地的ＪＲ開始獨自發行貨幣。為了和日本圓（JPY）區隔，稱為ＪＲ圓（JRY），有發行硬幣和紙鈔。原本與歐盟的歐元一樣是各地ＪＲ共通的貨幣，現在只剩北海道和九州還在使用，彼此間當然也不互通。

雖然站外也有類似網際網路的網路系統，有些離島無法使用網路，因此實體貨幣仍是必要不可或缺。

交通方式

車站只有一個，因此並沒有鐵路。此外，由於站內通道狹窄，段差也多，不適合汽車或腳踏車，因此主要的移動手段是利用輸送帶或電扶梯的徒步移動。電力很充沛，所以也有站立駕駛的電動二輪車，但價格高昂，並不普及。換句話說，人口移動受到相當限制，因此地區間的經濟差異極大。據說有些瘋狂的技術人員把自動驗票機改造成交通工具，但就算這個傳聞屬實，恐怕也沒人敢搭乘車站設備的改造品吧。

SuikaNET

這是橫濱車站站內使用的網路系統。原則上必須有 Suika 帳號才能連接，只有少部分終端機可以用無須認證的匿名方式登入。

大部分的終端機都是人造物，網路基礎建設則是結構遺傳界自然生成的。相較於過去的網際網路，SuikaNET 的訊號還是相當不穩。傳輸資料基本上儲存在各地的 SuikaNET 節點，若要傳輸到遠地，會根據節點的資料採多數決進行復原。因此基本上無法進行長距離即時通訊，大多是採用和現實郵件一樣花時間的電子郵件聯絡。

不過，由於實際上某些節點掌控在特定人士或團體的手中，只要經由這些節點，就能進行類似電話的低延遲通訊。倘若掌握夠多的節點，甚至能竄改通訊內容。

APPENDIX 補遺

冬季戰爭

生於西元末期大國間一連串戰爭的總稱。特徵是使用衛星武器直接轟炸城市，造成各國主要都市毀滅，也使得人類社會從都市網絡型轉變成領土分散型，擴散到廣大領土的國民之間透過無線通訊或利用無人運輸機來往的方式變得很普及。政治也從首都中樞型變成仰賴ＪＲ統合知性體的分散型。最後是因為化石燃料枯竭，再也無法維持衛星武器，戰爭才總算終結。之所以叫做「冬季戰爭」是因為同時期地球氣候變遷，氣溫驟降，後世的歷史學家以此命名。與二十世紀初蘇聯和芬蘭之間的同名戰爭並無關係。

ＪＲ北日本、ＪＲ福岡

在冬季戰爭初期政治機能分散化的趨勢中誕生的企業群。原本是國營企業，因戰爭延長，逐漸各自為政，後來成為受政府委託統治的民營企業。即使在日本政府消滅後的橫濱車站時代，仍持續統治各地。過去曾經存在過「ＪＲ東北」、「ＪＲ中部」與「ＪＲ近畿」等。ＪＲ為「Japan Ruler」的簡稱。

Suika

人類進出橫濱車站內部用的認證方式。在體內植入能持續發射活體雜湊函式的微型晶片，由 SuikaNET 接收後進行認證。晶片本身人類也能製造，但若想登錄在網路上，必須支付給 SuikaNET 五十萬毫圓，此外還要支付給活體電器業者數萬毫圓的手續費。六歲以上的人類想在橫濱站內生活就必須安裝這種晶片，除了認證以外，尚有支付功能及連接 SuikaNET 的功能。據說名稱源於「誰何（音為Suika，來者何人？之意）」。

海外狀況

由於海底電纜和交通工具近乎全部毀壞，因此在日本生活的人們幾乎失去獲取國外情況的手段。東亞沿岸在冬季戰爭時化為一片焦土，無法居住，因此日本列島陷入在物理上與世隔絕的狀態。由於結構遺傳界的技術是由ＪＲ統合知性體發展出的軍事機密，海外有橫濱車站相同的自我增殖設施存在的可能性很低。此外，海外的鐵路網也不像日本般高度密集，因此，即使有相似的建築存在，恐怕也不會像日本那般迅速增殖吧。

後記

自從橫濱車站於大正四年在這個行星誕生以來，連續一百多年來持續進行改建工程，未曾停歇。因此有不少人戲稱「橫濱車站是日本的聖家堂，永遠也沒有完工的一天」。

但請好好地思考，對橫濱車站而言，什麼才是「完成」？工程結束就算「完成」了嗎？

所謂的「完成」，一般是指「達到最終型態」。聖家堂根據高第的設計圖建築，朝著目標不斷邁進，所以是「未完成」。

但是，橫濱車站百年來的建築工程並非為了達成某種具體的最終狀態。反而是為了因應橫濱市以及日本整體鐵路網的需求，而柔軟地持續變化。這反而是作為都市中樞的車站應有的模樣。換句話說，「持續進行修建工程」才是它的完成型態。

這和生物的行為很類似。我們人類不斷從外界吸收食物或氧氣，將多種物質排出外界，這並非人類為了邁向「完成」所做的過程。我們為了維持肉體而每日進食，這種流動的狀態才是人類的完成型態。

正因我們具有這種動態系統，我們的肉體才不會受到外界溫度影響，而能維持恆定體溫，並藉著免疫系統擊退不斷入侵的病原體，受到外傷也能某種程度自癒。正因生命持續變化，才能維持一定的狀態。一旦這種流動性停止，那意味著作為生物的死。

伊利亞・普里高津（一九一七～二〇〇三）將這種透過物質或能量流進、流出來維持整體秩序的狀態稱為「耗散系統」，並以此理論獲得一九七七年的諾貝爾獎。他的觀點對科學思想造成極大影響，本作品也是受到這種思潮啟發的科幻小說。

底下簡略說明本故事成立的經過。筆者在二〇一五年初於Twitter上提出前述「橫濱車站生命體理論」，並順其自然地寫下橫濱車站不斷增殖、最終覆蓋全日本的科幻小說風簡易大綱。這就是一切的開端。

這份初稿保有強烈的貳瓶勉《BLAME!-探索者》模仿風格，因為意外獲得好評，便花了半年寫成長篇小說。現在重讀，明顯可看出受到筆者國高中時期愛讀的椎名誠《アド・バード》一書的強烈影響。

之後，KADOKAWA新設立了「KAKUYOMU」小說投稿網站，為了共襄盛舉，便使用這篇小說參加第一回網路小說大賞（科幻部門），很榮幸獲得大賞，並得到出版的機會。聽說第一回的得獎作品通常對該文學獎方向性上有所影響並具重要意義，老實說，不禁想問KADOKAWA，讓「這種作品」得獎真的好嗎？

在書籍化的過程中增刪修改，結果難以收為一冊，便將在「KAKUYOMU」連載的外傳部分收入第二冊。此處同樣也經過大幅刪修，預定來年發售。

由新川權兵衛老師改編的漫畫版亦預定於網路漫畫網站「YOUNG ACE UP」上連載。相信當各位讀者看到這篇後記時已經開始了。雖然一般而言在原作大為暢銷後才會進行漫畫化，這種時間悖論在科幻作品中挺常見的。

換言之，本作品已老早不受筆者控制，開始自我增殖了。這樣的發展倒是十分切合本作品的主題呢。

另外，我的新作《重力アルケミック》將於二〇一七年初由星海社出版。這部作品是關於地球每年膨脹百分之三，陸地變得過剩的世界的故事。對本作品過度增殖的水泥感到厭煩的讀者可以試試。

最後我想借用一點篇幅，向精準地用插畫詮釋這個異常世界的田中達之老師、漂亮地設計出二足步行自動驗票機造型的新川權兵衛老師、為不熟悉結構遺傳界基本性質的我仔細講解的橫濱縣立大學遠藤老師、從本作品極初期（開始有發想的二十六分鐘後）就為我加油打氣的學習院大學田崎晴明老師、關於仿生人的心理描寫基於個人經驗給我極有意義指教的齊藤2號、關於人生總是給我似淺又深建言的驢子班傑明，以及KADOKAWABOOKS編輯部的諸位同仁，致上我最深的感謝。

二〇一六年十一月吉日　於站內

國家圖書館出版品預行編目資料

橫濱車站 SF / 柞刈湯葉作；林哲逸譯．
-- 初版．-- 臺北市：臺灣角川，2018.10
面； 公分．--（角川輕．文學）

譯自：横浜駅 SF
ISBN 978-957-564-525-0（平裝）

861.57 107014077

輕文學 Light Literature

橫濱車站ＳＦ

原著名＊橫浜駅 SF

作　　者＊柞刈湯葉
插　　畫＊田中達之
譯　　者＊林哲逸

2018年10月24日　初版第1刷發行

發 行 人＊岩崎剛人
總 經 理＊楊淑媄
資深總監＊許嘉鴻
總 編 輯＊呂慧君
主　　編＊李維莉
美術設計＊邱靖婷
印　　務＊李明修（主任）、黎宇凡、潘尚琪

台灣角川

發 行 所＊台灣角川股份有限公司
地　　址＊105台北市光復北路11巷44號5樓
電　　話＊（02）2747-2433
傳　　真＊（02）2747-2558
網　　址＊http://www.kadokawa.com.tw
劃撥帳戶＊台灣角川股份有限公司
劃撥帳號＊19487412
法律顧問＊有澤法律事務所
製　　版＊尚騰印刷事業有限公司
I S B N＊978-957-564-525-0

香港代理＊香港角川有限公司
地　　址＊香港新界葵涌興芳路223號新都會廣場第2座17樓1701-02A室
電　　話＊（852）3653-2888